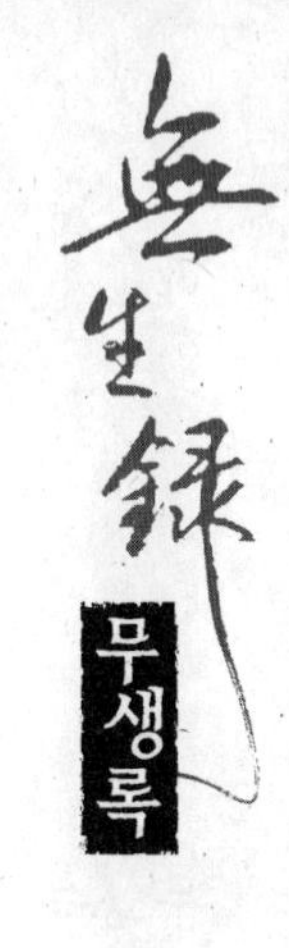

FANTASTIC ORIENTAL HEROES

이민섭

新무협 판타지 소설

무생록 6

이민섭 新무협 판타지 소설

초판 1쇄 찍은 날 § 2014년 3월 21일
초판 1쇄 펴낸 날 § 2014년 4월 2일

지은이 § 이민섭
펴낸이 § 서경석

편집부장 § 권태완
편집책임 § 정수경

펴낸곳 § 도서출판 청어람
등록번호 § 제387-1999-000006호
등록일자 § 1999. 5. 31
어람번호 § 제2-2480호

주소 § 경기도 부천시 원미구 심곡2동 163-2 서경B/D 3F (우) 420-822
전화 § 032-656-4452팩스 § 032-656-4453
http://www.chungeoram.com
E-mail § chungeorambook@daum.net

ISBN 979-11-5681-952-3 04810
ISBN 978-89-251-3563-2 (세트)

무생록

6

이민섭 新무협 판타지 소설

FANTASTIC ORIENTAL HEROES

도서출판 청어람

第一章

남은 것

무생록

붉게 물들었던 황산이 자기 모습을 찾았다. 뿐만 아니라 싸움이 벌어졌던 장소에는 푸른 소나무가 황금빛 잎으로 변해 있었다. 사계절 늘 푸름을 자랑하는 황산의 소나무가 황금빛으로 물든 것은 놀라운 일이었다.

황산을 오가는 사람들은 금목림(金木林)이라 하며 그곳을 신성하게 여겼다. 그도 그럴 것이 금목림을 한 번 다녀오면 잔병은 낫고 큰 병은 모두 호전되었기 때문이다.

황산은 예로부터 유명했지만 혈교 사건 이후에는 더욱더 유명세를 탔다. 각지에서 몰려온 사람들로 주변은 때 아닌

호황을 맞고 있었다.

황산 주변에서 혈교와 협력을 맺었던 세력들은 구파일방과 무생신교, 사파 연합, 그리고 마교에 의해 정리되고 있었다. 민간에 피해를 주는 집단을 제거해 준 것을 높이 사 황실에서도 그 문제는 무림에서 해결하라는 윤허까지 내려주어 거리낄 것이 없었다.

특히나 황산에 다녀 온 황후가 바로 회임을 하니 황제의 기쁨은 날이 갈수록 높아졌다.

"황산은 공동으로 관리하는 것이 어떻겠습니까?"

제갈미현이 그렇게 말했지만 누구도 동조해 주지 않았다.

제갈미현을 중심으로 무림맹도 빠르게 재구축되었다. 구파일방이 더 이상 무림맹과 뜻을 함께하지는 않았지만 제갈미현의 뛰어난 수완으로 제법 뛰어난 고수들이 무림맹으로 합류했다. 지금의 무림맹은 백도무림을 대표한다기보다는 과거의 명맥을 이어온다는 느낌이 강했다.

무림을 대표하고 있는 자들이 정의천에서 회의를 하고 있는 중이었다. 구파일방의 모두가 참여했고, 마교, 사파 연합 그리고 무생신교 역시 자리를 지켰다. 무림맹은 제일 말석에 앉아 있었다. 분명 초대된 것만으로도 감지덕지였다. 그런데 저런 망발을 내뱉으니 모두의 심기가 불편할

만 했다.

“황산 사태를 해결한 것은 염마지존이시니 무생신교에서 관리하는 것이 옳습니다.”

홍수희가 그렇게 말하자 이번엔 침묵이 깔렸다. 그녀의 말은 사실이었지만 한 세력에게 황산을 모두 맡기는 것은 불편했다. 황실에서 보장해 준 것이니 아마 근 백 년은 평탄할 것이다. 이익을 떠나서 한 세력이 커진다는 것은 무림에 큰 혼란을 가져올 수 있었다.

“신녀께서는 구파일방에 조금 양보를 해주심이 어떻겠습니까?”

소림사의 방장, 원호대사가 그렇게 말하자 모두의 얼굴이 밝아졌다. 제갈미현의 주장은 묻힌 지 오래였다. 그럼에도 그녀는 여유로운 미소를 짓고 있었다.

홍수희의 표정을 그 누구도 읽을 수 없었다. 구파일방의 대표들은 초초해졌다. 무생신교는 구파일방에 비해서 아직 세력이 그리 크지 않으나 그들이 무서워하는 것은 무생신교가 아니었다.

고금제일인 염마지존.

혈교에 농락당한 무림맹을 홀로 박살 내고 혈교마저 지워 버린, 역사상 가장 강하다고 평가받는 무생 때문이었다. 능히 그 무력이 구파일방을 압도하니 눈치를 보는 것이 당연했다. 마교와 사파연합에서 아무 말도 하지 않는 것은 이미 무생신교에게 줄을 대고 있었기 때문이다.

"크흠, 교주께서는 마교와 오랜 숙적인 혈교를 마교 대신 해결해 준 염마지존께 감사의 인사를 드리라 하였소."

오직 무에만 관심이 있는 마교의 교주는 이미 단마현에게 마교의 모든 행정을 위임했다. 그러면서도 무생에게 강렬한 호기심을 품고 있었는데 무생의 무공 중에 천마신공이 있다는 소문이 퍼지자 정식으로 마교에 초대하고 싶어 했다.

"황산에 대해서는 무생신교가 전적으로 맡아야 함이 옳지 않겠소? 그것보다 염마지존께서 천마신공을 선보였다는 소문이 있는데……."

"그것은 지존께서 깨어난 다음에 확인하시지요."

홍수희가 단호하게 말하자 단마현은 고개를 끄덕이며 입을 닫았다. 사파 연합의 장로들은 피식 웃으며 단마현을 바라볼 뿐이었다. 단마현은 인상을 찡그리며 그들을 노려보았다가 허탈하게 웃었다.

'지금의 마교는 구파일방보다 강하다 여겼건만 한 사람을 두려워하다니……, 염마지존과 동시대를 걷는 것이 영광이자 한이로군.'

단마현이 그렇게 생각할 때 홍수희가 다시 입을 떼었다.

"황산에 대해서는 지존께서 깨어나신 다음에 다시 토의하도록 하지요. 무생신교에서 관리하는 것이 옳은 일이나 무림의 대선배인 소림방장께서 그리 말씀하시니 말입니다."

"듣던 것보다 더 아름다운 마음씨를 지녔구려."

소림방장은 고개를 설레 저으며 그렇게 말했다. 비꼬는 의도가 아니라는 것쯤은 홍수희도 알고 있었다. 과거에 소림과 악연이 있었지만 지금은 모두 청산했다. 원호대사는 홍수희가 악인이 아님을 꿰뚫어 보았다.

"염마지존께서는 무탈하시오?"

잠자코 있던 의선이 묻자 홍수희의 안색이 살짝 어두워졌다. 황산 사태가 있고 보름이 넘게 지났지만 아직까지 무생은 깨어나지 않고 있었다. 어떠한 괴로움 없이, 평안한 표정으로 죽은 듯 그렇게 누워 있는 것이었다.

홍수희의 마음은 타들어갔고 사천당문과 하북팽가는 난리도 아니었다. 신선의 풍모를 지닌 독노가 기다리면 된다고 하니 무금성의 사람들은 안심하고 기다리고 있기는 하지만 마음이 아픈 것은 어쩔 수 없었다.

무생은 무금성에서 잠들어 있었다. 독노가 데리고 왔기에 그 역시 무금성에 머물고 있었다.

"아직 깨어나지 못하시고 계시나 곧 일어나실 것입니다."

"그렇구려. 그것참 다행이오."

의선이 진심을 담아 그렇게 말했다. 의선의 진심이 느껴지자 홍수희는 웃어 보일 수 있었다. 무림맹 사태로 인해 명예를 크게 잃은 구파일방이었지만 이곳에 모인 대표들은 그런 것에 연연하지 않는 듯 모두 초연했다.

이번 일로 되돌아보는 시간을 가졌기에 어찌 보면 더욱 백도무림의 중심다운 모습으로 다시 일어섰다고 봐도 무리가 없었다.

"염마지존께서는 곧 자리를 털고 일어나실 것이오! 음! 사파 연합이 함께했음을 잊지 마시오! 황산에 자리가 비면 언제든 불러주시오! 내 살아생전 당당하게 황산에 우뚝 서고 싶었으니. 하하하하!"

흑사혈왕이 호탕하게 말했다. 사파 연합은 오랜 핍박을 받아와서인지 눈앞의 이익에 그렇게 연연하지 않았다. 다만 구파일방에 대한 반감을 크게 가지고 있을 뿐이었다.

구파일방이 사라져야 사파연합이 득세한다는 논리는 전통처럼 여전했다. 혈교나 마교가 어찌 되었든 사파연합의 숙적은 백도무림이었다. 지금도 사파 연합은 백도무림을 전복시킬 계획을 세우고 있었다. 다만 실행이 언제 될지는 아무도 몰랐다.

"안타깝지만 사파의 무리가 황산에 들어갈 일은 없을 것이네."

"그거야 해봐야 하는 것이 아니겠소?"

소림방장이 그렇게 말하자 흑사혈왕은 웃으며 받아쳤다. 기세가 넘실거렸다. 사파연합의 인원들과 소림을 포함한 구파일방의 대표들이 모두 기세를 일으킨 것이다.

"정사대전이라도 일으킬 셈입니까?"

단마현이 그렇게 말하자 기세가 누그러졌다. 지금은 서로 물러날 때였다. 정사대전을 벌였다가는 두 쪽 다 무사하지 못할 것이다. 백도무림의 세력은 크게 준 상태였고 그것에 비해 사파 연합은 별다른 피해를 입지 않았다. 그럼에도 불구하고 사파 연합이 날뛰지 않은 것은 무생신교가 버티고 서 있어서였다.

마교야 사파연합이 어떻게 하든 별로 상관하지 않았고 둘이 같이 망해 버리는 편이 더 좋았기에 방관하는 입장이었으니 말이다.

"그럼 내 직접 염마지존의 의사를 묻겠소이다. 소문대로 무림을 그토록 아끼는 영웅이라면 소림의 뜻과 함께해 줄 것이 분명하니 말이오."

홍수희는 소림방장을 보며 살짝 웃었다.

"방장께서는 무생신교를 너무 견제하시는군요. 무생신교가 민생을 이롭게 하고 악적들을 물리친 것 외에 다른 활동을 한 적이 있나요? 오히려 소림보다 더 많은 사람을 구제하고 지금도 힘쓰고 있답니다."

"그것은 옳고 좋은 일이오. 하나 그 구제에 어떠한 사념도 섞여 있어서는 안 될 것이오. 그렇다면 그것은 구제가 아닌 사업이 될 테니."

소림방장다운 말이었다. 원호대사는 무생신교가 득세하는 것을 질투하는 것이 절대 아니었다. 다만 앞날을 걱정하고 더 나은 미래를 위해 힘쓸 뿐이었다.

"좋은 말씀 감사합니다."

"좋게 들어주니 고맙소."

원호대사는 홍수희의 태도를 보며 한시름 놓았다는 듯 인자한 미소를 지었다. 그렇게 되자 사파 연합은 입맛을 다시며 가만히 있을 뿐이었다.

"어쨌든 다음 회의는 염마지존께서 깨어나신 다음에 이루어지겠군요. 그럼 그때 뵙도록 합시다."

"그러길 바라겠어요."

단마현의 말에 제갈미현이 부드러운 미소를 지으며 대답했다. 그녀가 먼저 자리에서 일어나 떠났지만 아무도 제지하지 않았다.

무생은 평생 느껴보지 못한 평온함을 느끼고 있었다. 그동안 잠을 자도 잔 것 같지 않은 느낌이었지만 지금은 달랐다. 노곤함이 그를 수마 속으로 끌어내렸고 아늑함이 그를 평온하게 만들었다.

한 번도 꾸지 않았던 꿈을 꾸었다. 광노, 검노와 뇌노가 무생을 바라보며 웃고 있었다. 웃는 모습을 보니 그들이 떠나갔음이 비로소 실감났다. 그리운 감정이 들었다. 무생이 뭐라 말하려는 순간 그들은 그대로 등을 돌리며 사라졌다. 무생 역시 그들을 바라보다가 조금은 안타까운 표정을 짓고 등을 돌렸다.

계속 평온함 속에 머물고 싶었지만 이제는 슬슬 깨어날 때라는 것을 알았다. 무생은 지금과 같은 상태가 어쩌면 죽음과 가장 비슷하지 않을까 하고도 생각해 보았다.

죽음은 가장 완벽한 평온함을 가져다줄 테지만 어쩌면 일말의 안타까움이 있을 수도 있다는 생각을 처음 해본 무생이었다.

무생이 천천히 눈을 떴다.

"잘 잤군."

오랫동안 말을 하지 않았음에도 목소리는 전혀 갈라지지 않았다. 낮은 울림에 여전히 듣기 좋았다. 막 잠에서 깨어났지만 늘 보던 것과 똑같은 모습을 보여주었다.

무생은 진정으로 잘 잤다고 생각했다. 정신을 깨우는 상쾌함은 생전 처음 느껴보는 것이었다.

"그대로 죽었으면 편했을 텐데 아직 살아 있군. 미련인가."

검노의 부탁이었지만 무시할 수도 있었다. 하지만 그렇게 하지 않았다. 자신을 위해 셋이 스스로를 희생했다.

스스로 죽겠다. 무생은 그렇게 생각했다. 다시는 남의 손에 의해 죽음을 얻으려 하지 않을 것이다. 그것이야말로 세 노인을 위한 일이었다.

무생록에 끝에 다다라 완벽하게 스스로 죽어 보이겠다고 다짐했다.

"오랜 세월이 걸리겠지."

어쩌면 살아온 세월보다 더욱 긴 세월이 필요할지도 몰랐다. 무생은 천천히 자리에서 일어나며 긴 숨을 내쉬었다. 그러다 그의 얼굴이 찡그려졌다.

남궁소연이 생각난 탓이었다. 남궁소연이 어떻게 되었는지 그는 몰랐다. 대천지주라는 놈을 상대하는 데 전력을 다하느라 남궁소연을 챙길 여유가 없었다.

"죽은 건가."

살아 있더라도 혈강시 상태일 것이다. 무생의 표정이 어두워졌다. 그렇게 자신했지만 목적을 이룰 수 없었다. 처음으로 맛보는 무력감이었다. 여태까지 그는 죽음 이외에 하고 싶은 것은 모두 다 했고 이루고 싶은 모든 것을 이루었다. 하나 이번만큼은 아니었다.

남궁소연의 죽음을 생각하자 허탈함이 밀려들어 왔다. 그는 몰랐지만 그녀가 차지하는 비중은 상당히 컸다. 허전함과 동시에 마음이 불편해졌다.

"살아만 있다면……."

살아만 있다면 어떻게든 해줄 수 있을 것이다. 무생은 그렇게 생각했다. 어떤 식으로든 살아만 있다면 말이다.

주위를 둘러본 무생은 자신이 무금성에 있다는 사실을 뒤늦게 깨달았다. 황산까지 꽤나 거리가 있었는데 깨어나니 무금성이다. 대략 시간이 얼마나 지났을지 예상되었다.

'오래 잠들어 있었나 보군.'

무생은 살아 있다는 느낌을 받았다. 그것은 죽음에 근접해 보고 고통을 느낄 수 있었기 때문이었다. 자신의 피가 붉다는 것도 깨달았고 언젠가는 죽을 수 있다는 희망을 발견했다.

제법 호화스럽게 꾸며진 방에서 나왔다. 무금성은 무생이 있었을 때보다 규모가 더 커졌고 금호 역시 마찬가지였다. 무금성 옆에 마련된 고급 객잔은 지방 관리들도 즐겨 찾았고 먼 곳에서 올 정도로 유명했다.

무생은 만복금이 하는 일에 상관하지 않았고 만복금은

자신이 지닌 모든 것을 활용하여 막대한 부를 쌓고 있는 것이다.

"제법이군."

무생은 무금성 내부를 둘러보며 그렇게 중얼거렸다. 무금성 장인들의 실력은 무생이 인정할 정도로 수준이 높아져 있었다.

"혀, 형님! 깨어나셨군요."

무생이 무금성 밖으로 나오자 일꾼들을 지휘하고 있던 만복금이 놀라며 헐레벌떡 뛰어와 앞에 섰다. 무생은 피식 웃으며 만복금의 어깨를 두드려 주었다. 오랜만에 보니 반가운 마음이 들었다. 만복금은 무생의 사람다운 웃음에 가슴이 찡해지는 경험을 했다.

무생의 인간다운 미소는 만복금으로서는 처음 보는 것이었다. 전에도 가끔 미소를 짓거나 했던 그였지만 이처럼 자연스러운 느낌은 처음이었다.

"무사히 깨어나셔서 정말 다행입니다."

만복금이 살짝 눈시울을 붉히며 말했다. 무생은 고개를 끄덕일 뿐이었다. 진심으로 자신을 걱정하는 마음을 느낄 수 있었다. 무생의 모습이 보이자 물건을 만들던 장인들과 근처에 있던 백성들, 그리고 무림인들이 모두 주위로 몰려왔다.

무생이 회복된 것을 진심으로 감사하게 생각하고 있는 자들이었다. 모두 무금성에 은혜를 입은 자였는데, 특히 가난한 백성들은 무생을 신처럼 생각했다. 무생신교의 영향도 분명 존재했다.

"주군."

홍수희가 무생의 뒤에서 나타났다. 그와 동시에 춘삼과 그의 형제들이 입신에 이른 신법을 선보이며 무생의 뒤에 섰다. 춘삼과 그의 형제들은 간신히 울음을 참고 있었다.

홍수희 역시 눈물을 보였다.

"왜 우느냐."

"주군……."

무생이 묻자 홍수희는 고개를 숙였다. 홍수희는 무생이 거의 죽을 뻔했다는 말을 독노에게서 들었다. 도움이 되지 못한 자신이 한스러웠다. 잠 못 이루며 걱정했는데 전과 다를 바 없는 모습을 보니 기쁨과 안도가 교차되어 나온 눈물이었다.

"무사히 회복하셔서 기쁩니다."

"차라리 회복되지 않았으면 했다."

무생이 그렇게 말하자 홍수희를 비롯한 모두가 놀라 바라보았다. 무생은 약간은 씁쓸한 미소를 그리며 입을 떼었다.

"하지만 이리 반겨주니 살아 있길 잘했군."

"주군……! 흐어엉."

춘삼이 땅을 치며 대성통곡하기 시작했다. 무생은 덩치가 산만 한 춘삼이 애처럼 울자 고개를 설레 내저었다.

"그래서 장가나 가겠느냐."

"안 갈 겁니다요! 주군을 모시며 계속 살 겁니다."

춘삼이 무생의 말에 그렇게 말하자 홍수희는 요사스러운 미소를 지으며 춘삼을 바라보았다. 춘삼은 홍수희와 눈이 마주치자 시선을 피했다.

"화산의 그 소저가 들으면 곤란하겠는걸요?"

"크, 크흠. 아, 저……."

홍수희의 말에 춘삼은 크게 당황하며 허둥거렸다. 만복금을 그 모습을 보더니 웃음을 터뜨렸다.

"춘삼이 요즘 화산에서 제일 예쁘다는 소저와 잘되어 가는 모양입니다."

"잘되었군."

춘삼은 거의 빌다시피 홍수희에게 말하지 말아달라고 부탁하고 있었다. 무생의 눈에 춘삼은 그저 건강한 무인 정도였지만 춘삼이 무림에서 가지는 위치는 대단했다. 구파일방과 비견되는 세력으로 떠오르는 무생신교, 그 하위 소속인 무금성의 모든 호위를 총괄하고 있는 호위대장이었다.

일신의 무예는 화경에 이르렀고 무생이 만든 무공 덕분에 무림백천에서는 적수를 찾아보기 힘들 정도였다.

외모도 그만하면 남자다우니 무림에서는 일등 신랑감으로 꼽혔다. 때문에 여기저기서 많이 중매가 들어왔지만 춘삼은 오직 일편단심이었다.

"그리고 보니 너는 짝이 있느냐?"

무생이 만복금을 보며 묻자 그는 눈을 깜빡이다가 웃으며 고개를 저었다. 무생은 만복금을 바라보다가 그 옆에 서 있는 홍수희에게 시선을 옮겼다. 그리고는 몇 발자국 물러나 그 둘의 모습을 눈에 담았다.

"둘이 잘 어울리는군."

무생이 그렇게 말하자 홍수희와 만복금은 화들짝 놀라며 표정 관리가 제대로 되지 않았다. 만복금은 사레가 들어 기침을 쿨럭였다.

"주, 주군! 저, 저는 오직 주군께 몸과 마음을 다 바쳐서……."

홍수희가 당황하며 그렇게 말했다. 무생은 피식 웃으며 바라보자 홍수희의 얼굴이 붉어졌다.

"네 몸과 마음을 받은 기억은 없다. 만복금 정도면 괜찮은 사내이니 한번 생각해 보거라."

"저는 오직 주군뿐입니다."

홍수희가 겨우 마음을 가라앉히며 차분한 어조로 대답했다. 그러자 만복금이 헛기침을 했다. 홍수희의 말에 내심 서운한 느낌을 받은 것이었다. 홍수희는 만복금을 힐끔 바라보다가 조용히 웃었다.

"혹여 무금성주께서는 저에게 마음이 있으신지요?"

"글쎄올시다."

만복금이 대답을 피하자 홍수희는 눈을 가늘게 떴다. 무생은 둘의 모습을 흐뭇하게 바라보다가 만복금을 향해 입을 떼었다.

"소연이에 대한 정보가 있나?"

무생이 그렇게 묻자 만복금은 금세 표정을 바꾸었다.

"무금성으로 들어가셔서 이야기하시지요."

무생이 고개를 끄덕이자 만복금과 홍수희가 먼저 무금성 안으로 들어갔다. 무생은 잠시 둘을 바라보고 있다가 그들의 뒤를 따라갔다.

도착한 곳은 무금성 안에 있는 중앙 회의실이었다. 정의천에 있는 것보다 규모면에서 컸고 마치 황궁에 와 있는 듯한 화려함이 있었다. 주로 중요한 회의를 할 때 사용해서 잘 개방하지 않는 곳이었다.

무생이 의자에 먼저 앉자 그제야 홍수희와 만복금이 앉았다.

"안타깝지만 소연이에 대한 정보는 없습니다."

"그런가."

만복금이 표정을 굳히며 그렇게 말하자 무생은 예상했다는 듯 고개를 끄덕였다.

살아 있을 가능성이 거의 없었다. 사체만 없다뿐이지 여러 정황들이 남궁소연이 죽었음을 가리키고 있었다. 무생도 어느 정도 그것을 받아들이고 있었다.

"혈마인과 혈강시로 추정되는 사체가 황산에서 발견되기는 했으나 소연이로 추측되는 것은 없었습니다."

"잘 도망쳤을 수도 있겠군."

"그럴 가능성도 있습니다만……."

만복금이 걱정하는 것은 남궁소연의 생사가 아니었다. 남궁소연이 죽었다면 그것은 매우 안타깝고 슬픈 일이기는 하지만 살아 있는 것이 더 문제가 될 수 있었다.

"황산에서 도망쳐 나온 혈마인들이 가끔 민가를 습격한다고 합니다."

음지로 숨어든 혈마인들이 활개를 치고 있었다. 백도무림에서 수준 높은 고수들을 파견해 색출 작업을 하고 있지만 언제 끝날지는 미지수였다.

게다가 남궁소연은 두려움의 대상인 혈강시가 되었다는 정보가 만복금의 귀에 들려왔다. 무생을 데려온 독노라는 노인에게서 확인해 본 결과 그 이야기는 사실이었다.

혈강시 하나가 무림의 중소방파쯤은 간단히 멸문시킬 수 있다고 알려져 있으니 남궁소연은 전과는 다른 의미로 무림의 숙적이 될지도 몰랐다.

"지금으로써는 찾기도 힘든 상황입니다. 아직 백도무림 쪽에서는 이 사실을 모르니 손을 써놓기는 했습니다만……."

"살아만 있으면 된다."

무생은 미련이 남는 듯 나지막하게 말했다. 몇 번이고 중얼거렸던 말이었다.

"상황이 어찌 되었든, 누가 적이든 그냥 살아만 있다면 구할 수 있어."

"그렇군요."

무생의 확신에 찬 음성에 홍수희는 웃으며 고개를 끄덕였다. 무생은 단 한 번도 허튼소리를 한 적이 없었다. 과장한 적도 없었다. 이미 무생의 모든 말은 홍수희에게 있어서 진리였고 무생신교가 나아갈 방향이었다.

민가에서는 화산 사건을 두고 지옥에서 올라온 혈마존을 무생이 염라대왕에게 돌려보냈다는 소문이 자자했다. 무생신교를 지지하는 일반 백성이 최근 들어 상당히 많아진 것이다.

무생신교는 그들에게 무언가를 요구하지도 않았고 오히려 그들이 어려울 때 도움을 주었다.

"황산은 어떻게 하실 생각이십니까?"

"……집은 지어야겠지."

남궁소연과의 약속이었다. 그녀가 살아 있을 가능성은 거의 없다고 생각했지만 그래도 그것만큼은 꼭 해주고 싶었다. 무생이 그렇게 말하자 모든 것이 결정이 났다.

"그렇다면 큰 집을 지어야겠군요."

"황산을 대표할 만한 그런 곳을."

홍수희와 만복금이 납득하며 말했다. 이로써 황산의 일도 명확하게 정리가 되었다. 무생의 말로써 황산을 또 다른 거점으로 삼는 계획이 수립되었다.

"백도무림의 도움을 받으실 겁니까?"

"그들이 도와준다면 마다할 필요는 없겠지."

만복금은 고개를 끄덕였다. 무생은 그저 집을 짓는 데 도움을 주겠다면 거절하지 않을 생각으로 말한 것이지만 만복금은 다르게 이해를 했다.

'그래도 구파일방의 자존심을 세워주시는구나. 백도무림에게 빚을 준 셈이군. 앞으로 협상에서도 우의에 설 수 있는 수단이 될 것이다.'

만복금은 그렇게 무생의 의도를 생각하며 감탄성을 내질

렸다.

“앞으로 어찌하실 생각이십니까?”

“여기저기 둘러봐야겠지.”

무생은 무림을 돌아다닐 생각이었다. 득도촌 노인들이 대부분 없어진 마당에 돌아갈 곳도 모호해졌다. 무생은 노인들이 사랑한 무림을 돌아다니며 눈으로 직접 보고 느끼고 싶었다. 역시 직접 움직이는 편이 누구보다 빨랐다.

‘천천히 돌아다녀야겠군.’

무림을 돌아보며 무생록을 정리할 생각이었다. 죽음에 가까워졌던 경험은 많은 것을 알려주었다. 무생록 삼 단계의 진면목을 깨닫고 다음 단계로 가는 실마리를 찾을 수 있었던 것이다.

‘사람에게 있어서 죽고 사는 것은 당연한 것이고 중요한 것이 아니었어.’

무생은 천천히 고개를 끄덕였다.

‘중요한 것은 어떻게 죽느냐군.’

무생은 기왕 오랜 세월을 버텨왔으니 제대로 잘 죽고 싶었다. 원하는 형태로 만족할 만한 죽음을 찾고 싶었다. 주위 누구도 해를 끼치지 않고 오로지 평안함만이 있는 그런 죽음을 원했다.

‘찾게 되겠지.’

생각해 보면 그가 찾지 못한 것은 없었다. 이루고자 한다면 늘 이루었다. 황산에서 있었던 일만큼은 예외지만 말이다.

"언제 떠나실 겁니까?"

만복금이 묻자 무생은 생각할 것도 없다는 듯 입을 떼었다.

"지금."

무생이 그렇게 말하자 만복금은 웃으며 고개를 끄덕였다. 깨어난 지 얼마 되지 않아 무생이 걱정되었지만 말릴 수 없다는 것을 잘 알고 있었다. 말려서 듣는 사람도 아니고 말이다. 생각해 보니 그리 걱정할 필요도 없었다.

'형님은 고금제일인이시니.'

무림 역사상 누구보다도 강하다고 평가받는 염마지존이었다. 그런 무생을 그 누가 건드릴 수 있단 말인가. 혈마존의 망령조차 쓸어버린 진정한 지존이니 말이다.

第二章

무림

무생이 깨어났다는 소식은 전 무림을 진동시켰다. 무생은 무림 자체를 지켜낸 영웅이니 그가 깨어나 무탈한 것만으로도 모두에게 큰 희망이 되었다. 동시대를 살아간다는 것이 무림인들로서는 영광이었다.

만복금의 입에서 황산에 집을 짓는다는 소리가 나오자 모두의 촉각이 곤두섰다. 무생은 남궁소연과의 약속을 지키기 위해 집을 짓는다고 한 것이지만 다른 이들의 생각은 달랐다.

염마지존이 무림에 정착하기 위해 자신의 세가를 황산에

만든다는 소문이 퍼져 나갔다. 무생신교의 황산 분타가 생기는 것은 당연한 수순이었다. 황산 주변의 모든 무림문파가 환영의 듯을 내비쳤다. 무생이 황산에 들어온다면 그 지역의 상권이 살아날 것은 불 보듯 뻔했기 때문이다.

황산의 이권은 자연스럽게 무생신교가 대부분 소유하게 되었다. 백도무림에서도 관여하기는 했지만 그것은 무생신교가 중도를 지키게 하기 위함이었다. 애초부터 구파일방은 스스로의 세력을 지니고 있었고 자금이 부족할 일이 없으니 황산은 누가 소유한다고 해도 상관이 없었다.

다만 정파, 사파, 그리고 마교. 어느 한쪽으로 치우치는 것을 원하지 않았다. 무생신교가 등장해서 중심을 잡아주니 무림 역사상 가장 평화로운 시기가 도래했다는 이야기까지 있었다.

그 모든 것이 다 염마지존 덕분이었다. 모두 무생신교와 친분을 다지기 위해 규모가 상당히 커진 금호로 몰려오고 있었다. 염마지존의 얼굴이라도 볼 수 있을까 해서였다. 하지만 무생은 금호에 있지 않았다.

무생은 금호를 떠나 무작정 발걸음을 옮겼다. 무공을 쓰지 않고 천천히 걸었다. 오랜만에 밀려드는 생각을 정리하기 위함이었다. 불사를 원했지만 인간으로서 죽은 자들을 무생은 적지 않게 보아 왔다. 일개 도인도 있었고 광활한 대륙을 다스린 황제도 있었다.

그들은 모두 불멸을 원했고 결코 변하지 않는 무생에게 찾아오기도 하였다. 하나 뜻을 이룬 자들은 하나도 없었다. 오직 무생만이 원하지 않는 불멸을 안고 지금껏 살아온 것이다.

'죽는다는 것이 꼭 평온만은 아닐 수도 있다.'

무생은 문득 그런 생각이 들었다. 자신은 어쩌면 지금까지 죽어 있던 것인지도 모른다. 삶과 죽음은 스스로에게 있다는 땡중의 말이 왜인지 그럴 듯하게 들렸다.

'앞으로 몇백 년이 지나면 어떻게 될까.'

무생은 사람들이 성장하는 것을 보아왔다. 나라가 생기고 없어지고 전쟁이 일어나며 점점 발전해 왔다. 앞으로 몇백 년이 지나고 세상이 어떻게 변해 있을지 궁금하기도 했다.

"가보면 알겠지. 어차피 시간은 많으니까."

쥐고 있는 것은 시간밖에 없었다. 무생은 죽립을 눌러쓴 채 다시 천천히 걸었다. 어디를 가야겠다는 뚜렷한 목표가 있는 것이 아니었다. 우선적으로 남궁소연을 찾기로 마음먹었지만 그녀의 생사는 너무나 불분명했다. 아니, 죽었다고 보는 편이 나았다. 혈강시는 스스로의 몸을 유지하기 위해서는 많은 목숨이 필요했고 지금까지는 아무런 징조도 없었다. 혈강시가 된 남궁소연은 이성을 유지하고 있지 않았다. 황산 사태에서 살아남았다고 하더라도 스스로 자멸했을 확률이 컸다.

"미안하구나."

무생은 처음으로 누군가를 향해 그렇게 말했다. 긴 세월 동안 사과하는 법을 몰랐고 할 필요도 없었지만 무생은 지금 그 말을 하고 싶었다. 그녀가 쓸쓸히 죽었음을 생각하자 마음이 가라앉았다.

"스쳐가는 인연인가."

길어봐야 백 년을 넘기지 못한다. 무생의 입장에서 보면 그저 스쳐가는 인연, 잊게 되는 존재임을 부정할 수 없었다. 무생의 마음을 불편하게 만든 남궁소연도 백 년 정도가 흐르면 아마 희미하게 사라지며 잊혀질 것이다.

망각 역시 무생에게 좀처럼 허용되지 않는 것이었지만 몇백 년 동안 묻어놓으면 희미해지기는 했다. 그렇게 희미한 많은 것들이 무생에게는 존재했다.

무생은 천천히 쉬지 않고 걸으며 생각했다. 자신과 관련된 모든 인연을 정리할 필요성을 느꼈다. 그리함으로써 무생록에 한 걸음 더 다가설 수 있을 것 같았다.

"광노의 부탁을 들어줘야겠군."

무생은 그렇게 생각하며 목적지를 정했다. 무림을 피바다로 만든 것이 혈교라면 과거 백도무림을 발아래 둔 것은 마교였다. 무생이 등장하기 전까지 마교는 백도무림인들에게 두려움을 사고 있었고 구파일방의 자존심을 구기게 한 유일한 단체였다.

과거야 어찌 되었든 무생은 마교를 그다지 큰 집단이라 생각하지 않고 있었다. 마교의 소교주인 단마현은 무생에게 있어 그저 애송이에 지나지 않았고 마교의 교주 역시 천하삼절 정도라 예상되었다.

무림의 무공 수위는 무생에게는 하등 쓸모없는 일이었다. 그나마 스스로 대천지주라고 칭했던 혈마존이 긴 세월 동안 무생을 위협한 유일한 존재였다. 물론 반 백 년 동안 수만이 넘는 사람을 죽여 진을 짜지 않았더라면 무생에게 상처를 입히는 것은 불가능했을 것이다.

지금 혈마존이 수도 없이 몰려와도 무생은 쓸어버릴 자신이 있었다.

“마교가 어떤 곳인지 보는 것도 괜찮겠지.”

광노가 우두머리로 있었던 곳이다. 무생은 마교라는 곳이 자신의 기대를 충족시켜 주길 바랐다. 그렇지 않다면 그것은 광노의 것을 망쳐놓은 것이 되는 것이니 적당히 넘어가지는 않을 생각이었다.

"천마지존이라……."

무생은 피식 웃으며 하늘을 바라보았다. 왠지 광노가 선계에서 자신을 내려다보고 있는 것 같았기 때문이다.

"광노, 기대에 못 미치면 적당히 두드려 주겠네. 그게 자네의 부탁을 들어주는 내 유일한 방법이니 말이야."

무생이 깨달음을 준 덕분에 백도무림이 정명해지고 상대적으로 강해졌지만 그에 비해 마교는 많이 위축된 감이 있었다. 무생의 이런 생각이 마교에 어떤 식으로 작용할지는 그 누구도 몰랐다.

마교가 있다는 십만대산까지는 갈 길이 멀지만 오히려 그것이 마음에 들었다. 무생은 하늘을 올려다보다가 방향을 틀어 남쪽으로 내려가기 시작했다.

모두가 염마지존이 모습을 드러내기를 원하고 있지만 무생에게는 신경 쓸 까닭이 없었다. 무림과의 인연을 마무리 짓고 무생록에 몰두하고 싶은 생각이 더 컸다.

* * *

모용준은 반 폐인이 된 상태에서 봉마동에 갇혀 있었다. 봉마동은 무림맹에서 관리하는 감옥이었는데 주로 무림공적이나 악랄한 마인을 수감시켜 놓는 곳이었다.

소림에서는 모용준을 소림에서 봉인하기로 제의했지만 제갈미현의 간절한 부탁을 들어주었다. 무림맹이 지은 죄값을 무림맹 스스로 짊어져야 한다는 그녀의 말은 설득력이 있었고 그것마저 윤허하지 않는다면 무림맹은 정말로 백도무림인들의 모든 신망을 잃을지도 몰랐다.

무림맹은 여러 고수를 신분에 관계없이 받아들여 공평하게 자리를 주었고 제갈미현은 무림대전을 개최해 무림맹의 주요 관직을 주겠다는 계획까지 발표했다.

무림맹 복원 사업은 제갈미현의 뜻대로 되어가는 듯했다.

"혈마교가 박살 난 것이 정말 다행이야."

혈마존이 은밀하게 제갈세가를 흡수한 것은 반 백 년도 더 된 일이었다. 제갈미현은 태어나자마자 혈마인의 모든 것을 배워야 했고 무림맹주에게 몸을 팔며 혈교와 내통해야만 했다.

자신은 혈마존에 손가락 하나면 죽을 목숨이었다. 그렇기에 희망은 없었고 오직 증오와 원한만이 가득할 뿐이었다. 모용준을 현재까지 살려두는 것도 혈마존이 사라졌기 때문이었다.

"염마지존……."

제갈미현은 난생 처음 자유가 되자 야망이 커져 갔다. 가지고 싶은 것들이 생겼다. 그녀의 가슴을 뛰게 만든 것은 누구보다 강대한 염마지존이었다.

어떻게 그를 얻을 수 있을까? 그를 얻는다면 천하를 얻는 것과 다름이 없었다.

“그가 원하는 여자는 남궁소연이었던가.”

제갈미현은 처음으로 질투심이란 감정을 느꼈다. 만약 남궁소연이 눈앞에 있었다면 잔인하게 고문을 해서 죽였을 것이다. 그녀는 평소에 냉정하고 이성적이었지만 혼자 있을 때면 감정에 휘둘렸다.

제갈미현이 잠을 청하려 등불을 끄려 할 때였다. 사람들이 쓰러지는 소리와 함께 방문이 열렸다.

“누구냐!”

“흐흐흐…….”

제갈미현의 귀로 짐승의 울음소리 같은 웃음이 들려 왔다. 어둠 사이로 보이는 붉은 눈은 제갈미현을 놀라게 만들었다. 자욱하게 퍼지는 혈마기는 그녀가 단 한 번도 보지 못한 형태였다. 선홍빛으로 일렁거리는 것이 너무나 아름다웠지만 그 위력은 끔찍했다.

쓰러져 있던 제갈미현의 호위들이 모든 것을 흡수당해 먼지가 되어버렸다. 제갈미현은 갑자기 난입한 괴인의 얼굴을 바라보았다.

"모용…… 천!"

"흐, 모용천……, 내가 모용천? 크흐흐흐."

모용천은 정상이 아니었다. 몸이 끔찍하게 일그러져 있어 요괴라 부르는 편이 나을 지경이었다. 정신도 정상이 아니었다. 제갈미현은 모용천이 다가오자 두려움에 빠졌다.

'혈마기를 지녔다면……!'

혈마기를 지녔다면 숙주 고독을 심은 자신의 말을 거역할 수 없을 것이다. 혈마인뿐만 아니라 혈강시를 제어하기 위해 제갈미현은 어릴 적부터 심장 부근에 숙주 고독을 심었다. 어릴 적부터 같이 성장해 온 터라 이미 한 몸이라 보는 편이 옳았다. 때문에 혈마인, 혈강시를 제어할 수 있는 능력은 누구보다도 월등했다. 혈교에서도 그런 능력과 지략을 높이 사 그녀를 살려두고 이용하고 있었다. 그 결과 보기 좋게 천하삼절인 모용준을 중독시키고 조종했던 것이다.

"꿇어."

제갈미현이 그렇게 말하자 모용천의 눈빛이 흐려지더니 무릎을 꿇었다.

'본능적으로 주인을 찾아온 것이로군.'

제갈미현은 모용천이 무릎을 꿇고 있자 입가에 미소를 지을 수 있었다. 제갈미현이 보기에 지금 모용천은 어느 혈강시보다 강했다. 외모가 정상이 아니긴 하지만 그것은 차차 해결하면 될 문제였다.

'혈마존이 죽기 전에 선물을 주고 갔어.'

제갈미현이 웃으며 손을 뻗자 모용천이 자리에서 일어나 섬뜩한 웃음을 지었다.

"정상적인 모습이 되려면 많이 흡수해야겠네."

"흐, 흐흐흐. 배고프다."

"옳지. 내 말을 잘 들으면 배부르게 해주마."

"흐, 흐흐!"

모용천은 주인을 만난 개처럼 기뻐했다. 부족한 지능적인 문제 역시 사람을 녹여 흡수한다면 해결될 문제였다. 제갈미현은 요사스러운 미소를 짓다가 초롱불을 들고 걸음을 옮겼다. 모용천은 그녀의 뒤를 따랐다.

제갈미현이 도착한 곳은 무림맹 지하에 있는 봉마동이었다. 제법 많은 마인이 수감되어 있었고 중앙에는 모용준이 사지가 결박당한 채 묶여 있었다.

모용준은 제갈미현이 도착하자 얼굴을 일그러뜨리며 그녀를 노려보았다.

"네, 네 이년!! 거둬준 은혜를 원수로 갚다니!"

"무슨 말인지 모르겠군요. 전 무림맹주님."

"내가 이 사실을 모두에게 알릴 것이다!! 너도 무사하지 못할 것이다!"

발악적으로 외치는 모용준이었다. 모용준은 천하삼절에 들었던 자답게 차근차근 내상을 치료하고 있었다. 아직 정상이 아니었지만 모든 공력이 회복되면 봉마동쯤은 탈출할 수 있을 거라 생각했다.

그렇게 된다면 저년을 반드시 찢어 죽이리라. 그렇게 다짐한 모용준이었다.

제갈미현은 여유로운 미소를 그리며 모용준 앞으로 다가갔다.

"선물을 가지고 왔답니다."

제갈미현이 옆으로 비켜서자 끔찍한 모습이 된 모용천이 모습을 드러냈다.

"모용천!"

모용준은 크게 놀라며 모용천을 바라보았다. 모용천은 입맛을 다실 뿐이었다. 그는 단지 모용준이 가진 신체가 탐이 났다.

"모, 모용천에게 무슨 수작을 부린 것이냐!"

"글쎄요. 중요한 것은 이제 제 말을 아주 잘 듣는 충실한 개가 되었다는 것이지요."

"네년이 모용세가를 이토록 모욕하고도 살아남을 성싶

으냐!"

제갈미현은 피를 토하는 듯 절규하는 모용준의 외침에 빙긋 웃었다. 그녀의 웃음이 너무나도 깨끗해 보여 모용준은 소름이 돋는 것을 느낄 수 있었다.

"그럼요. 앞으로 더 모욕적인 것을 할 텐데요."

"무, 무슨 말이냐."

"감동적인 부자의 제외니까 저는 빠져 드리지요."

"무, 무슨……?"

제갈미현은 몇 걸음 뒤로 물러나다가 등을 돌렸다. 그리고 살짝 입을 떼어 나지막하게 말하기 시작했다.

"모두 먹어치우렴."

"흐, 흐흐흐. 흐하하하하!"

제갈미현의 말이 떨어지자 모용천은 미친 듯이 웃기 시작했다. 너무나 행복해 보이는 일그러진 미소가 모용준의 눈에 들어왔다.

"아, 안 돼! 아, 아들아!"

"히히히히!"

제갈미현이 봉마동을 나오는 순간 비명성이 울렸다. 살이 찢기는 소리와 함께 비명 소리는 더욱 커져 갔다. 모용준과 더불어 봉마동에 있는 모든 마인이 잡아먹히는 소리였다.

'좋은 패를 얻었군.'

제갈미현은 빠르게 머리를 굴렸다. 그녀는 앞으로 가지고 싶은 모든 것을 가질 생각이었다. 그녀는 무림보다도 무생을 간절히 원했다.

자신의 야망과 갈증을 채워줄 남자는 아무리 생각해 보아도 염마지존뿐이었다.

"우선……."

그녀는 차분하게 계획을 세웠다. 자유를 넘어 원하는 것을 얻기 위한 탐욕이 그녀의 눈에서 번뜩였다.

第三章

맹림상단

무생은 쉬지 않고 남쪽으로 걸어갔다. 무적수라보를 시전한다면 훨씬 빨리 도착할 수 있을 테지만 그리 하지 않았다.

무생의 행색은 많이 달라져 있었다. 낡은 죽립을 쓰고 있었고 머리카락이 눈을 덮고 있어 얼굴이 잘 드러나지 않았다. 무복 역시 어디서나 있을 법한 것이었다. 존재감조차 드러내지 않아 그저 낭인 무사로 보일 정도였다.

그도 그럴 것이 지금 지니고 있는 물품들은 무생이 산 것이 아니었다.

이를 테면,

"멈춰라! 이 길목은 호용형제의 관할이다! 가진 것을 내놓는다면 목숨만은 살려줄 것이다!"

"절정 고수로 이름 높은 호용형제는 관대하다."

무언가 부족할 때쯤에 이렇게 무공을 익힌 산적이나 강도들이 나타나곤 한 것이다. 그래서 여비는 부족하지 않았다.

무생은 호용형제들을 바라보며 쓸 만한 물건을 지니고 있는지 관찰했다. 딱히 물건에 욕심이 나는 것이 아니라 그저 소일거리로 모아보는 것이었다. 처음에는 낡은 죽립이었지만 점차 마음에 들어 이제는 익숙하게 관찰을 하는 무생이었다.

'어차피 좋은 물건은 없으니 말이야.'

자신이 만든 것 외에는 다 거기서 거기였다. 무생은 호용형제가 지닌 철검을 바라보았다. 낡은 검이었지만 날이 제법 잘 서 있었고 몇 번 다듬어준다면 쓸 만해질 것 같았다.

무생이 천천히 바라보고 있자 호용형제는 살짝 당황한 눈치였다.

"크, 크흠! 외지에서 온 모양인데 우리 호형형제의 명성을 듣지 못했나 보군."

"우리로 말할 것 같으면 이 지역에서는 녹림조차 한 수 접어주는 고수이시다."

무생은 당연히 그들이 말하는 것을 전혀 듣지 않았다. 그들은 전형적인 강도처럼 생겼기에 오히려 너무 평범했다. 무공 수위는 이류 정도였지만 어차피 이류나 화경이나 거기서 거기였기에 애초부터 신경 쓰지 않았다.

무생이 살짝 주먹을 쥐고 뻗었다.

콰아아앙!

호용형제의 뒤에 있는 나무가 박살 나며 파편이 사방으로 튀었다. 호용형제는 너무 놀라 몸이 굳어졌다가 천천히 머리가 돌아가기 시작했다.

잘못 건드린 것이었다.

"아, 아이고! 대협! 저희가 대협을 몰라 뵙고 큰 실수를 저질렀습니다요!"

"흑흑, 굶고 있는 토끼 같은 자식들이 있습니다."

최대한 불쌍하게 말했음에도 무생은 여전히 무표정이었다. 무생이 다가오자 그들은 두려움에 얼굴이 굳어졌다.

"가진 걸 다 내놓으면 목숨만은 살려주마."

"대, 대협?"

자신들이 한 말을 똑같이 하는 무생 덕분에 정신이 멍해진 호용형제였다.

"싫은가?"

"아, 아닙니다!"

"다 드리겠습니다!"

무생의 말에 황급히 자신들의 품을 뒤져 엽전 꾸러미와 약간의 보석, 그리고 철검을 바닥에 내려놓는 그들이었다.

무생은 철검을 먼저 챙기고 나머지 것들도 품에 넣었다. 이러니 여비가 부족할 일이 없고 차림은 계속해서 새로워진 것이었다.

마지막으로 무생은 주먹을 쥐고 선천지기를 집중시켰다.

"어, 억!"

"커헉!"

단번에 후려치자 그들은 거품을 물며 바닥에 쓰러져 버렸다. 선천지기가 몸으로 스며든 덕분에 그들은 지금 자신이 지은 죄로 고통을 받고 있었다. 그리 악해 보이지는 않으니 깨어나게 된다면 새사람이 될 것이다.

"나쁘지 않군."

무생은 쓰러져 있는 그들을 지나며 검을 빼어 들어봤다. 손에 황금빛 강기를 일으켜 날을 몇 번 쓰다듬자 예기가 돌기 시작했다. 무생의 선천지기는 물건의 상태를 좋게 만들 정도로 늘 그렇듯 활력이 넘쳤다.

검을 몇 번 공중에 휘젓자 주변의 나무가 잘려 나갔다. 요즘 들어 검술을 하나 새롭게 만들고 있는 무생이었다.

검노의 것을 최대한 가지고 와 자신에 맡게 고치는 작업을 머릿속으로 진행 중이었다. 딱히 붓으로 정리하지 않아도 이렇게 가끔 휘두르는 것만으로 점차 완성이 되어갔다.

검노의 검법은 하늘과 땅을 담고 있었다. 무생은 더 나아가 저 하늘 위보다 더욱 위에 있는 무언가를 표현하고 싶었다. 어쩌면 그것이 무생록의 마지막 단계와 관련이 있지 않을까 하고도 생각했다.

그동안 무림에서 말하는 상승무학은 무생에게 있어서 시답지 않은 소리들이었지만 지금은 조금 참고가 될 만한 서적으로 그 인식이 바뀌었다. 천마신공이나 검노의 검법은 무생의 기준으로 뛰어나다고 볼 수는 없었지만 좀 더 생각하게 만들어주었다.

"마교의 것을 봐볼까."

마교를 들리는 김에 그 무학을 훑어보는 것도 나쁘지 않을 거란 생각이 들었다. 참고할 것은 많으면 많을수록 좋으니 말이다.

사실 무생의 이런 생각은 마교의 입장에서는 상당히 위험했다. 마교의 무학고는 교주나 후계자 이외에는 출입이 금지되어 있었고 선출된 몇몇만 짧은 기간 열람이 가능한 곳이었다. 때문에 무생은 그럴 권한이 없었다.

하지만 무생에게 그런 것은 전혀 상관없는 일이니, 마교인들은 그를 필사적으로 막거나 다른 흥미 있는 것을 내어 주는 수밖에 없을 터였다.

무생은 이런저런 생각을 하며 걸음을 옮기다가 잠시 멈추어 섰다.

"그러고 보니 이 근방에 산적이나 강도가 많던데……."

숲이 우거지고 무림 정파 세력이 얼마 없는 위치였다. 경관은 제법 좋은 편이었지만 그것과는 다르게 그다지 민심은 좋지 못했다.

무생이 사지 멀쩡한 거지보다 싫어하는 것이 바로 산적이나 강도였다. 굳이 산적들을 찾아다닐 정도는 아니었지만 과거 땡중의 영향 때문인지 그냥 지나치지는 않았다.

"신경 쓰이는군."

무생은 그 자리에서 피식 웃고는 다시 걷기 시작했다. 과거에는 신경 쓰이는 것이 없었지만 지금은 많았다. 사라진 광노, 검노, 뇌노부터, 죽었으리라 생각되는 남궁소연까지 머릿속에서 떠나지 않았다.

무생은 밤낮없이 며칠을 더 걸어 제법 큰 마을에 도착했다. 이 근방에는 제법 규모 있는 상단이 자리 잡고 있었는데 과거에는 연이 없었지만 무림맹이 뒤집어지고 난 다음부터 무림맹에 가입한 중소규모의 상단이었다. 마을 사람들에게 평판도 좋고 무림인들도 신용하고 있었다.

마을에서 들어오자 무생과 비슷한 복장을 한 무림인이 많이 있었다. 모두 낭인으로, 협사나 호위무사 자리를 노리고 찾아온 자들이었다. 무공 수위는 하나같이 낮았지만 낭인만의 거친 분위기가 존재했다.

무생은 자신이 눈에 띄지 않는다는 것에 만족했다. 예전에는 그냥 돌아다녔지만 지금은 자신을 알아보는 일이 너무 귀찮았다. 누가 되었건 모두 땀을 뻘뻘 흘리며 달려와 모셔 가려고 안달이었기 때문이다.

'슬슬 다시 새롭게 은거할 때가 된 것인지도 모르지.'

자신을 아는 자가 많을수록 귀찮아졌다. 그리고 다른 사람과 이어진 연을 끊기 위해서는 그들이 죽기 전에 사라지는 편이 더욱 나았다. 은거 후, 다시 활동할 때는 그를 아는 자가 없는 먼 미래일지도 몰랐다.

그것이 몇십 년 후가 될지 몇백 년 후가 될지 그조차 몰랐다.

객잔 앞으로 가자 많은 낭인이 몰려 있었는데, 이곳 상단에서 사람을 구하는 중이었기 때문이었다. 이곳을 대표하는 큰 상단과 더불어 옹기종기 모여 있는 작은 상단들에서 나온 사람이 많았다.

사실 무생이 도착한 마을은 규모는 작지만 제법 유명한 곳이었다. 무림에 갓 나온 애송이들이 상행을 도우며 명성을 떨치기 적합한 곳이었고 그 밖에 배고픈 낭인들의 일터와도 같은 곳이었다.

그 이유는 가장 빠른 지름길을 막아서고 있는 녹림십팔채 때문이었다. 녹림십팔채 중에서도 본타가 바로 남쪽 지방으로 내려가는 가장 빠른 길목에 위치해 있었다.

녹림은 본래 적당히 상단들을 상대해 주고 통행료를 받지만 가끔씩 변덕을 부릴 때가 있었다. 그럴 때면 일 년 상행일을 모두 망치게 되기 때문에 표사들은 보험과도 마찬가지였다.

무생은 상단에 흥미가 생겼다. 만복금 역시 금호 상단을 시작으로 무금성의 주인이 되었지만 무생은 단 한 번도 상행을 따라가 본 적이 없었다. 그때는 관심 밖이었다.

객잔 앞으로 다가서자 날카롭게 낭인들을 훑던 상인이 무생을 바라보았다.

"접수하실 거요?"

무생은 잠시 생각하다가 입을 뗐다.

"중간까지만 갈 것이오."

"흐음……."

상인은 무생을 훑어보다가 고개를 끄덕였다.

"그럼 받을 돈이 줄어드오."

"그렇군."

무생은 녹림십팔채의 본채까지만 갈 생각이었기에 별다른 생각 없이 고개를 끄덕였다. 오면서 그럭저럭 벌었으니 노잣돈은 충분했다. 무생은 그냥 자유로운 분위기 속에서 상행이라는 것을 해보고 싶었을 뿐이었다. 마침 방향도 맞고 말이다.

"그럼 객잔 뒤 건물로 가시오. 자격이 되는지 시험이 있으니."

"시험?"

"그렇소. 적어도 삼류는 되어야 써먹을 수 있지 않겠소?"

무생은 제법 신선함을 느꼈다. 무림에 나온 뒤, 무림인들은 자신을 보며 감탄하기 바빴고 이제는 거의 흠모하다시피 했는데 이런 취급을 당하니 제법 재미가 있고 신선했던 것이다.

'정체를 숨기길 잘했군.'

감정이 대부분 깨어난 탓에 무생은 작은 것에서도 재미를 느꼈다. 천천히 십만대산으로 향하는 것도 감정이 한 몫했다. 죽음에 가까운 경험을 하고 난 뒤 하나하나가 새롭게 보였다. 그것은 다시 긴 세월을 사는 데 큰 원동력이 될 것이다. 무생록을 완성시키는 것에도 도움이 되고 말이다.

"뭐하시오? 어서 가시오. 지금 안 가면 나흘은 기다려야 하오."

상인이 귀찮은 듯 손을 휘저으며 말하자 무생은 피식 웃고는 그를 스쳐 지나갔다. 상인이 알려준 건물에 다다르자 맹림상단이라는 명패가 보였다. 많은 낭인과 무림초졸이 길게 줄을 서고 있었다.

거친 세월을 살아온 낭인들은 제각각 무게를 잡고 있었고 그럭저럭 문파의 물을 먹은 무림인은 상대적으로 거들먹거렸다.

기다리는 시간은 그리 지루하지 않았다. 새로운 경험은 무생에게 제법 큰 흥미를 가져다주었으니 말이다. 긴 세월을 겪었기에, 그리고 살아갈 세월이 무수했기에 기다리는 것은 언제나 익숙해져 있는 무생이었다.

차례가 오자 건물 안으로 들어설 수 있었다. 안에는 연무장이 있었는데 무공 수위 측정을 위한 도구들이 체계적으로 놓여 있었다. 여태까지 많은 무인을 상대했는지 나름 숙달된 것으로 보였다.

무생이 다가오자 의자에 앉아 붓을 놀리던 자가 올려다보며 입을 떼었다.

"흠, 이름이 뭐요?"

"무생."

"음? 무생이라. 염마지존 무생을 말하는 건가? 허, 이 사람 참! 목숨이 아깝거든 괜한 호기 부리지 마시게."

"……말이 헛 나왔소."

무생은 무의식중에 자신의 이름을 밝혔음을 깨달았다. 스스로 정체를 숨기고 움직이는 중이었으므로 잠시 생각하다가 입을 떼었다.

"무존."

"허, 참! 누가 낭인 아니랄까 봐 폼 잡기는."

남자는 간결한 글씨체로 무존(無存)이라 적고는 고개를 설레 저었다.

"그래도 패기는 봐줄 만하군. 저쪽으로 가서 시험을 보시오."

남자는 이름을 받아 적는 것 외에 사람의 인상을 보고 합격과 탈락을 결정하는 역할도 하였다. 무생은 간단히 끄덕이고는 연병장으로 들어섰다.

연병장에는 많은 무림인이 끙끙거리며 시험을 보고 있었다.

"탈락!"

"아, 조, 조금만 더……!"

"어허! 이 사람이! 그런다고 없던 내공이 새로 생기나! 오늘은 아가씨께서 직접 참관하시고 계시네. 저번처럼 말썽 피우지 말게나."

시험관이 커다란 바위를 밀기 위해 애쓰는 자를 탈락시켰다. 한쪽 단상에 무복을 입은 여인이 연병장을 바라보고 있었다. 여자다운 복장은 아니었지만 그 누구도 신경 쓰지 않았다.

무생이 들어서자 시험관이 그를 훑어보았다.

"흠, 그래. 몇 급에 도전하겠는가?"

"몇 급까지 있소?"

시험관은 무생을 바라보며 하나하나 설명해 주기 시작했다. 바위를 밀어내는 것은 삼급이고 바위에 흠집을 내는 것은 이급, 그리고 바위에 큰 상처를 내는 것이 일급이었다. 보통 바위가 아니었기에 검기가 아니고서는 큰 상처를 만들 수 없었다. 무게도 무거워 보통 사람은 움직이게도 할 수 없었다.

그런 바위가 반듯하게 연병장에 제법 많이 세워져 있었다.

"삼급. 중간까지만 같이 갈 것이오."

"음, 상관없기는 하지만 안 하느니만 못할 텐데 괜찮겠나."

"상관없소."

시험관은 턱을 쓰다듬으며 고개를 끄덕였다. 그리고 해보라는 손짓을 했다. 무생은 바위로 다가가 천천히 손을 얹었다.

드득!

바위가 소리를 내며 조금 움직이자 무생은 바로 손을 떼었다. 시험관은 놀랍다는 듯 무생을 바라보며 눈을 깜빡였다.

"자네라면 충분이 일급을 볼 수 있을 것 같은데."

"귀찮소."

"무엇이 말인가?"

무생은 시험관을 바라보지 않고 다시 입을 떼었다.

"검을 뽑기가."

"으음……."

시험관은 무척이나 애매하다는 듯한 표정으로 턱을 쓰다듬다가 품에서 삼급이라 써진 나무패를 꺼내 주었다.

무생이 나무패를 받고 삼급 표사라 써져 있는 곳으로 가려 할 때였다. 가만히 앉아 있던 여인이 단상을 박차고 삼급 표사 무리 앞에 날아들었다.

수위에 이른 신법에 감탄성이 들려왔다.

"이번 상행은 중요한 만큼 내가 한 번 더 시험을 치르겠다."

"네? 아, 아가씨께서?"

여인이 살짝 목례를 하며 자세를 잡자 허둥거리던 삼급

표사들이 무기를 들었다. 여인이 빠르게 삼급 무사 사이를 파고들었다. 여인이 펼치는 권법은 무림에서도 제법 알려진 검법이었다.

백운세가는 그리 이름 높은 가문이라 할 수 없었지만 무공 실력은 수준급으로 알려져 있었다. 백운세가는 아들이 없고 딸만 하나가 있었는데 여인이 바로 백운세가의 유일한 후계 백하린이었다.

백운권법은 구름이 흘러가듯 느리게 보였지만 실상은 그렇지 않았다.

땡그랑!

삼류 표사들이 든 무기가 바닥에 떨어졌다. 간신히 피한 몇몇 표사만이 안도의 한숨을 내쉴 수 있었다.

"무기를 떨어뜨린 자들은 안타깝지만……."

무기를 떨어뜨린 삼류 표사의 얼굴이 어두워졌다. 지금 일을 구하지 못하면 며칠은 더 기다려야 했기 때문이다. 백하린은 그들을 바라보며 입을 떼었다.

"쟁자수로 합류하도록. 대우는 그쪽이 더 좋을 것이니."

"아, 알겠습니다!"

"고맙습니다. 아가씨!"

삼류 표사들이 포권지례를 하였다. 백하린은 살짝 웃고는 고개를 끄덕일 뿐이었다. 지켜보는 이류, 일류 표사, 그리고 상단의 정예 호위무사들도 미소를 띠우며 고개를 끄덕였다.

무생이 천천히 삼류 표사 쪽으로 다가서자 백하린은 그의 존재를 깨닫고 고개를 돌려 바라보았다. 그녀는 무생의 손에 들린 삼류 표사 나무패를 보고는 다시 자세를 잡았다. 무생은 묵묵히 그녀를 바라보다가 아무런 자세도 취하지 않고 지나쳤다.

"시험을 받지 않을 것인가?"

"시험은 이미 앞에서 받지 않았소?"

"이번 상행은 위험할 수도 있기에 표사로서의 검증을 내가 직접 하려 한다."

백하린은 무생이 바위를 옮길 때 신중히 바라보기는 했다. 그녀도 무공을 제대로 익혔기에 무생의 실력이 결코 삼류 표사 정도가 아니라는 것쯤은 알고 있었다.

무생은 백하린을 바라보며 고개를 끄덕였다.

"무엇을 하면 되오?"

무생의 말이 떨어지기가 무섭게 백하린이 달려들었다. 백하린의 손이 무생의 허리에 찬 검을 향에 뻗어 들어왔다. 상당히 빨랐고 내공이 담겨져 있어 삼류 표사라면 반응을 제대로 못할 정도였다.

무생은 손이 뻗어올 동안 많은 생각을 할 수 있었다. 백하린의 손도 무생에게는 매우 느리게만 보일 뿐이었다.

'피해야 하나?'

내공이 담겨 있으니 피해야 했다. 자신의 선천지기가 그녀의 팔을 아작 낼 것이 분명했기 때문이다. 적이었다면 무적수라보로 박살 냈을 테지만 말이다.

휘익!

백하린의 손이 허공을 갈랐다. 무생이 간단히 허리를 틀어 피하자 백하린은 예상치 못했다는 듯 몸의 균형이 앞으로 쏠렸다.

신법이 꼬여 바닥에 손을 대어야만 할 때였다.

스윽.

무생이 손을 뻗어 그녀의 어깨를 잡았다. 순간 그녀의 고개가 들려졌고 죽립 밑으로, 머리카락 사이로 살짝 드러난 무생의 얼굴을 볼 수 있었다.

백하린이 눈을 깜빡이며 서 있자 무생은 그녀를 지나쳐 삼류 표사가 있는 곳으로 다가갔다. 삼류 표사는 눈을 휘둥그레 뜨며 무생을 바라보았다.

"자, 자네 대단하군."

"피한 것은 우연인가?"

무생은 호들갑을 떠는 삼류 표사들을 바라보며 고개를 끄덕였다.

"저 소저가 봐준 듯싶소. 그러니 우연이오."

"허, 허허. 아가씨께서는 마음씨가 너무 고와서 탈이라니까."

멍하니 서 있는 백하린의 평판은 지금 그녀의 심정과 상관없이 점점 좋아지고 있었다.

第四章

수상한 상행

맹림상단의 임시 삼류 표사가 되자 무생은 상행 전까지 머무를 거처를 제공받을 수 있었다. 당연히 표사들의 계급에 따라 대우가 달라 무생은 제일 허름한 객실에서 머물러야 했다. 하지만 허름한 객실조차 무생이 잠깐 손을 보니 상당히 좋은 공간으로 바뀌었다.

"나쁘지 않군."

먼지가 모두 사라진 것만으로도 제법 아늑한 방이 되었다. 금호를 떠나고 잠은커녕 단 한 번도 쉬어본 적이 없는 무생이었다.

"흠……."

무생은 이대로 누울까 하고 생각하다가 객실 밖으로 나갔다. 허름한 탁자를 뭉쳐놓고 술상을 펼친 표사들이 눈에 들어왔다. 계급이 존재하기는 했으나 대부분이 낭인 출신이어서 어울리는 데에는 어색함이 없었다. 문파 출신들은 표사보다는 호위무사 쪽을 선호했다. 그것이 더 낭만이 있고 이름을 떨치기에 적합했기 때문이다. 물론 그럴 실력도 되었고 말이다.

무생이 내려오자 표사들이 웃으며 자리를 비켜주었다.

"오! 주인공이 나오는군!"

"자네 몸놀림이 제법이던데 혹시 산동 출신인가?"

표사들은 사람 좋은 미소를 지으며 무생에게 그렇게 말했다.

"어디 출신인지는 모르겠소."

"저런, 하기야 나도 어디서 태어났는지 모르고 어디에 정착할지 몰라 이렇게 평생을 떠돌아다니는 중이지."

표사들 중 가장 나이가 많아 보이는 남자가 그렇게 말했다.

"일구 형님은 그래도 무공이라도 뛰어나지 않소! 우리 같은 삼류 낭인들은 하루 밥 벌어먹기가 여간 힘든 것이 아니오."

"하하, 그래도 맹림상단이 상행을 가면 이리 배터지게 먹을 수 있으니 좋단 말이지!"

웃음소리가 넘쳤다. 낭인들 사이에는 어떤 격식이 존재하지 않았다. 무공의 경지와는 상관없이 형님 동생 하며 서로를 격려했다. 낭인들이 살아남을 수 있는 이유는 이런 끈끈한 연대감이었다.

무생은 상에 올려 있는 소면을 맛보며 살짝 고개를 끄덕였다. 나쁘지 않은 맛이었다.

"자네의 이름이……, 무존이라 했던가. 음. 그래, 무 아우라 하겠네. 그건 그렇고 자네, 술은 좀 하는가?"

모두가 형님이라 부르며 따르는 표사, 일구가 무생에게 물었다.

"즐겨 마시는 편이오."

"좋군! 자자! 우리 새롭게 합류한 무 아우를 위해 한 잔 들이켜도록 하지."

모두가 잔을 들고는 빠르게 잔을 비웠다. 무생도 그에 맞춰 술을 들이켰다. 독했지만 그럭저럭 맛이 있는 편이었다. 무생은 간만에 먹는 술에 살짝 미소 지었다.

"무 아우는 참 분위기가 있군. 멋있는 죽립하며, 얼굴도 상당히 잘생겨 보이는구만."

"그것뿐만 아니라 굉장히 남자답던데요. 그 아가씨의 어깨를 딱 잡았으니! 아마 분위기가 더 좋았으면 허리를 확 낚…….”

“누구의 허리를?”

“당연히 백… 아……, 허억! 오, 오셨습니까요. 아가씨.”

말하던 표사가 허둥거리자 모두가 크게 웃었다. 일구는 백하린에게 익숙하게 잔을 건넸다.

“고맙군요. 아저씨.”

“오늘은 조금 일찍 왔군. 그래, 마음에 무슨 바람이라도 분 건가?”

“무, 무슨 말씀을……!”

일구가 무생과 백하린을 번갈아보며 말하자 백하린은 허둥거렸다. 그녀답지 않게 살짝 달아오른 귀가 일구의 눈에 보였다.

“허허, 무 아우 옆에 앉게나.”

“그, 그럼 실례하겠네.”

백하린은 잠시 망설이다가 무생의 옆에 앉았다. 무생은 그녀에게 시선을 두었다가 다시 술잔으로 눈을 돌렸다.

“그, 그런데 자네는 어디에서 왔지?”

“금호에서 왔소.”

“금호라면……, 무금성이 있는 그 금호인가?”

무생은 작게 고개를 끄덕였다. 그녀의 눈이 빛났다.

"혹시 염마지존을 뵌 적이 있는가?"

"없소."

"그, 그렇겠지."

백하린이 어색해했다. 무생은 자신과는 상관없다는 듯 술을 들이켰다. 그 모습을 지켜보던 일구와 표사들이 진한 웃음을 지었다.

"아가씨께서 남자처럼 무복을 입고 다녀도 여자는 여자였군."

"하하하. 이거 제법 볼만한 광경이야! 가주께서 보시면 아주 흐뭇해하실걸."

백하린은 그런 놀리는 소리도 잘 안 들리는 듯 무생에게 온 신경이 집중되어 있었다. 무생은 따듯한 분위기를 술과 함께 느끼며 득도촌의 노인들을 생각하는 중이었다. 그리고 남궁소연과 스쳐간 인연들을 떠올렸다.

'사는 것이군.'

산다는 것이 허무뿐만이 아님을 무생은 깨달았다. 그의 얼굴에 자연스럽게 미소가 지어지자 옆에서 보고 있던 백하린의 표정이 멍해졌다. 죽립 밑으로 드러난 미소는 극상의 아름다움을 지니고 있었다.

무생은 술잔을 내려놓고 입을 떼었다.

"백 소저."

"네? 아……, 흐, 흠. 말해보게."

"이번 상행이 중요하다 했는데 무엇을 팔러 가는 것이오?"

무생이 묻자 다른 이들도 궁금했는지 백하린을 바라보았다. 백하린은 살짝 곤란하다는 듯한 표정을 짓다가 이들도 알 것은 알아야 된다고 생각했는지 대답했다.

"다른 물건들은 예전과 같지만 다른 하나가 섞여 있지. 황산 사태 이후 이 근방에서 혈마인 하나가 죽어 있었다고 하네. 아버지께서 발견하셔서 거두었는데 시체가 사라지고 붉은 수정이 남더군."

"혈마인!"

"혈마인이 아직 남아 있다는 소문이 사실이었군."

백하린은 고개를 끄덕였다.

"우리는 붉은 수정을 백도무림에 대가를 받고 넘기기로 했네."

"심상치 않은 물건이군."

구일이 그렇게 말하자 백하린은 고개를 끄덕였다. 무생은 혈마인이라는 말이 나오자 잔을 들던 팔을 멈췄지만 이내 다시 술을 들이켰다. 혈마인이 남긴 것은 혈마기가 응축된 고독이었다. 스스로 몸을 보호하기 위해 번데기 상태가 된 것이, 아름다워 보이는 자수정의 형태였다. 무생은 그것까지는 몰랐지만 혈마인에게서 나온 것이면 그리 좋은 물건은 아니라고 생각했다.

'상관없겠지.'

백도무림에 넘긴다고 했으니 정의천이나 다른 구파일방에서 알아서 처리할 것이다.

"이번 상행은 나도 갈 것이니……."

백하린은 그렇게 말하며 무생을 힐끔 보고는 헛기침을 했다.

"네, 알아서 모시겠습니다. 아가씨."

"하, 하……, 조, 좋군."

백하린은 표사의 말에 어색하게 웃으며 고개를 끄덕였다.

'왠지 귀찮은 일이 생길 것 같군.'

그동안 혈마인이라는 말을 듣지 않아서 평화로웠는데 방금 그 평화가 깨진 것이다. 하지만 혈교는 이미 박살 났고 그것들은 남아 있는 잔재와도 같은 것이니 무생은 크게 신경 쓰지 않기로 했다. 막상 혈마인을 만나게 된다면 박살 낼 테지만 말이다.

* * *

"그럼 출발하겠다!"

백하린이 직접 선두에 서며 그렇게 말하자 본격적인 상행이 시작되었다. 백운세가의 정예 호위무사가 그 뒤를 따랐고 쟁자수와 표사들이 그 다음이었다.

무생은 제일 말미에서 그들을 따라갔다. 상행 경로를 바꾸기는 했지만 여전히 녹림의 영향권에 있다고 하니 다들 긴장한 눈치였다. 무생은 표사들과 어울리며 상행이라는 것을 경험해 보니 헛된 시간이 결코 아니라고 생각했다.

"처, 첫 상행인데 불편함은 없는가?"

백하린이 말을 탄 채로 다가와 물었다. 목소리가 조금 컸고 어색했다.

중요 인물 몇몇만 말을 타고 있었고 나머지는 다 말을 타고 있지 않았다. 그것은 무생 역시 마찬가지였다. 무생은 고개를 들어 백하린을 바라보았다.

"딱히 없소."

"그런가."

무생은 살짝 달아오른 백하린의 얼굴을 보다가 입을 떼었다.

"백 소저."

"음."

"나에게 관심이 있소?"

"쿨럭!"

백하린이 깜짝 놀라 사래가 들렸는지 기침을 했다. 그 소리에 주변의 표사들이 백하린을 바라보았다. 그러다가 일구가 손을 휘젓자 모두 능글맞게 웃으며 고개를 돌렸다.

"차, 착각이다."

"그렇군."

무생은 피식 웃으며 고개를 끄덕였다. 무생은 여자의 마음이라는 것도 조금씩 깨닫고 있는 중이었다. 남궁소연과 다른 여인들이 자신에게 품었던 감정이 호감이었음을 알게 되었다.

'사람의 마음이란 것은 참 복잡하군.'

특히 여자의 마음은 그렇다고 생각했다.

"아……, 저! 새, 생각해 보니 그렇게 큰 착각은 아, 아닌 것 같군."

백하린은 그렇게 말하며 황급히 말을 몰고는 선두로 합류했다. 무생은 단지 그녀가 귀엽게 느껴질 뿐이었다.

'소연이가 있었다면 좋은 친구가 될 수 있었을 텐데.'

무생은 그렇게 생각하며 멀어져 가는 백하린에게서 시선을 떼었다.

"무 아우, 자네 정말 제법이야."

일구가 다가와 어깨를 쳤다. 무생은 살짝 웃으며 걸을 뿐이었다.

상행을 떠난 지 보름 가까이 지났다. 무생은 있는 듯 없는 듯 그렇게 지내고 싶었지만 마음대로 되지 않았다. 조금씩 말을 걸어오는 백하린에게 반응을 해주니 그녀의 태도가 급격히 바뀌었기 때문이다. 무생도 딱히 격식을 차릴 필요성을 느끼지 못했다.

"이것 봐. 사슴을 잡아왔어."

"잘했군."

"그렇지?"

성격 자체가 워낙 시원하고 솔직한 탓에 스스로의 감정을 완전히 깨닫자 태도가 바뀐 것이다.

"그럼……."

"기다려라."

"응!"

무생이 보름 동안 상행에서 표사로서 한 일은 하나도 없었다. 그나마 한 일이 있다면 요리를 전담한 것이었다. 간단히 억지로 챙겨먹는 자들을 보다 이것저것 잡아와 만들었기 시작했는데 그게 또 기가 막혔다.

때문에 백하린과 더불어 호위무사들까지 끼니때가 되면 주변의 야생동물을 잡아왔다.

"그럼 오늘도 부탁하겠네."

호위대장이 웃으며 말하자 무생은 고개를 끄덕였다. 단검을 꺼내 들자 백하린이 눈을 빛내며 바라보았다. 무생의 살을 바르는 솜씨는 그야말로 예술이었다. 하지만 백하린의 관심사는 그것이 아니었다. 무생은 요리를 할 때면 늘 죽립을 벗었다. 머리카락이 눈을 가리고 있기는 하지만 가끔 바람이 불 때면 환상적인 외모가 모습을 드러냈다.

"백운세가는 여자가 적극적이래. 우리 어머니도 그래서 날 낳은 거래."

사슴을 해체하고 있을 때 옆에서 바라보던 백하린이 그렇게 말했다.

"그래서?"

"뭐, 그렇다고."

무생의 무심한 물음에 백하린은 입술을 삐쭉 내밀었다. 무생이 천천히 시선을 돌려 바라보자 백하린은 가슴이 세차게 뛰는 것을 느꼈다.

"저리 가라. 냄새난다."

"에, 에엑!?"

무생의 말에 백하린은 비명성까지 내질렀다.

"화, 확실히 안 씻기는 했지만……."

"농담이다."

"응?"

무생이 진지한 표정으로 그렇게 말하자 백하린은 잘 이해가 되지 않는다는 듯 눈을 깜빡였다. 무생은 피식 웃으며 빠르게 사슴을 해체했다. 부위별로 잘 나누어 보관에 용의하게 했다.

"사실 네가 어느 세가의 도련님이 아닐까 하고 생각했었는데, 요리 솜씨를 보면 특급 객잔의 주방장일 것 같아."

"둘 다 아니다."

무생은 채집한 약초와 풀들을 자르며 요리를 만들기 시작했다. 맛있는 냄새가 나자 허기진 이들이 침을 꿀꺽 삼켰다. 그때였다.

"하하하하하!"

"우하하하하하!"

숲 쪽에서부터 우렁찬 웃음소리가 들려왔다. 그러자 표사들이 무기를 뽑으며 경계했다. 쟁자수와 상인들은 침착하게 뒤로 물러났다.

숲에서 모습을 드러낸 것은 번쩍이는 무기를 들고 있는 산적들이었다. 일반 산적과는 달리 태양혈이 발달했고 체구가 거대했다. 딱 봐도 녹림의 일원들이었다.

백하린은 살짝 표정을 굳혔지만 으레 있는 일이라 단지 긴장만 할 뿐이었다.

“으하하, 보아하니 맹림상단이군. 오호, 네가 혹시 맹림의 백하린인가?”

“녹림의 영웅들께서 행차하신 연유가 궁금하오만. 통행료는 저번에 일괄 지급한 것으로 알고 있는데.”

백하린이 묻자 그들은 호탕한 웃음을 내뱉었다.

“당연히 통행료를 받으러 온 것은 아니지.”

“그 물건을 내놓으면 그냥 보내주겠다.”

산적들이 그렇게 말하자 백하린은 천천히 내공을 끌어올렸다.

“녹림이 그 물건을 어째서?”

“찾는 자가 많은 물건이더군. 하하하. 악감정은 없다. 곱게 바친다면 녹왕께서 맹림상단을 예쁘게 여길 것이야.”

백하린이 검을 완전히 잡으며 거절의 의사를 내비치자 녹림의 일원들이 웃음을 지으며 살기를 흘렸다. 그동안 녹림과 맹림상단은 그럭저럭 잘 지내왔지만 이 사안은 백도무림이 관련되어 있기에 녹림에 뜻을 따를 수 없었다.

맹림상단이 더 크기 위해서는 백도무림의 도움이 필수적이었다. 백하린은 이번을 기회라 여겼고 포기할 수 없었다.

“어리석군.”

산적들이 내공을 끌어 올렸다. 흉흉한 분위기 속에서 침묵이 자리 잡았다.

달그락.

어디선가 소리가 들려왔다. 요리를 마친 무생이 나무로 만든 그릇에 음식을 담는 소리였다. 이런 분위기 속에서도 태연하게 요리를 끝낸 무생은 천천히 시선을 돌려 대치 중인 녹림과 맹림상단을 바라보았다. 표사들이 황당한 표정으로 무생을 힐끔힐끔 쳐다봤다.

"네 이놈! 죽고 싶은 것이냐!"

그들 중 하나가 무생을 보며 성을 냈다.

"산적이로군."

"허허, 애송이가 하늘 높은 줄 모르는구나."

덩치가 가장 큰 자가 무생을 바라보며 그렇게 말했다. 그는 녹림에서 제법 유명한 고수로 녹왕의 총애를 받는 인물이었다.

녹림 자체가 백도무림에서는 알아주지 않으니 딱히 명성을 날리거나 하지는 않았지만 그래도 이 근방에서는 알 사람은 다 아는 인물이었다.

그들 사이에서 사내는 녹두라 불리고 있었다. 녹두의 기세가 뻗어 나왔다. 무생은 그다지 감흥이 없었으나 표사들은 달랐다. 녹두는 일류 고수라 칭할 만했기에 감당하기 힘들었던 것이다. 단지 백하린만이 침착하게 상황을 주시했다.

녹두가 무생에게 살기를 내뿜자 백하린의 속은 타들어갔다. 무생이 실력이 삼류가 아님을 알고 있었지만 녹두에게는 못 미칠 것이라 생각하고 있었기 때문이다.

"요리가 식겠군."

그러나 무생은 녹두 따위에게는 관심이 없었다. 그저 만든 요리가 식고 있다는 것이 아쉬울 뿐이었다.

"네 이놈 건방지게……!"

녹두가 주먹을 치켜들며 무생에게 달려들려 할 때였다.

콰가가강!

"뭐, 뭐야!"

"허억!"

나무가 박살 나는 소리가 들려왔다. 그와 동시에 바깥쪽에 있던 자들이 허공으로 치솟더니 바닥에 떨어졌다. 죽지는 않았으나 큰 내상을 입어 운신하기 힘들어 보였다.

"웬 놈이냐!"

녹두가 숲을 바라보며 외치자 누군가가 천천히 모습을 드러냈다. 나타난 자는 제법 기이했다. 넝마에 가까운 무복을 입고 있었는데 쇠사슬로 연결된 관을 끌고 있었다. 관은 단단하게 봉인되어 있었고 굉장히 무거워 보였다. 관을 끄는 소리가 울려 퍼졌다.

그 관을 보자마자 녹두는 주춤하며 물러났다. 그것은 맹림상단 역시 마찬가지였다. 백하린의 안색이 새파랗게 질린 것은 그때였다.

"철관사귀(鐵棺死鬼)……!"

백하린이 그렇게 외치자 녹림의 모두가 침을 꿀꺽 삼켰다. 철관사귀는 무림에서 잘 알려진 고수였다. 딱히 소속은 없었지만 사파 쪽에 가깝다는 것이 세간의 평가였다. 늘 철관을 지니고 다니며 원하는 것을 어떻게든 손에 넣는다는 잔혹한 자라 알려져 있었다.

무생은 철관사귀에게 시선을 옮겼다. 제법 그럴듯하게 만든 철관을 바라보니 흥미가 생겼다. 철관에서는 강한 냉기가 흘러나오고 있었다.

'시체라도 보관하고 있는 건가?'

재미있는 자였다. 녹림을 정리하는 것보다 지켜보는 쪽이 나을 것 같았다. 철관사귀는 묵묵히 관을 끌고 와 녹림과 맹림상단의 중앙에 섰다. 그러더니 쇠사슬을 내려놓고 백하린을 바라보았다.

백하린의 손끝이 떨렸다. 철관사귀는 무림백천에 든 인물이었다. 여기 있는 모두가 떼로 덤벼도 상대가 되지 않을 것이라 생각했다.

"처, 철관사귀가 어찌 녹림의 행차를 막아서는 것인가!"

"혈소옥(血小玉)."

백하린은 철관사귀가 원하는 것이 그 물건임을 알아차렸다.

"그것은 우리가 접수할 것이다."

"그렇다면 죽일 수밖에."

"으, 음……."

철관사귀가 노려보자 녹두는 식은땀을 흘렸다. 무생은 철관사귀를 바라보았다. 무생의 시선을 느낀 것인지 철관사귀 역시 무생에게로 눈을 옮겼다. 그의 기운이 제법 정순하자 무생은 재미있다는 듯 살짝 미소를 지었다. 그 표정에 철관사귀는 잠깐 움찔거렸다.

"저 관에 든 것이 무엇이지?"

"알 것 없잖소."

"그럼 알아낼 수밖에."

무생의 말에 철관사귀의 표정이 굳어졌다. 백하린은 무생을 말리려는 듯 슬쩍 다가와 그의 팔을 잡았다.

"저자를 자극하지 마."

"저자가 두렵나?"

"무인으로서 두려움은 없지만……, 나에겐 상단이 더 중요해."

무생은 백하린을 바라보다가 고개를 끄덕였다.

백하린은 상단의 희생을 막기 위해서라도 혈소옥이라 불린 물건을 건네기로 결정했다. 백하린이 작은 나무 상자를 들고 오자 모두의 시선이 그녀에게로 향했다.

"나에게 건넨다면 저 산적들을 대신 쓸어주도록 하겠소."

"흥! 아무리 고수라도 녹림 전체를 상대할 수 있을 것 같은가!"

"산적 따위 두렵지 않다."

"건방진!! 녹왕께서 노하실 것이다."

철관사귀의 얼굴에 냉소가 스쳤다.

"녹왕이라……, 내 앞에서 질질 짜던 산적의 두령이었던가."

"가, 감히!"

분위기가 험악해졌다. 철관사귀의 모습이 사라졌다. 이형환휘의 수법으로 백하린 앞에 나타난 철관사귀는 간단하게 백하린을 제압하고는 나무 상자를 손에 쥐었다. 뒤로 넘어지는 백하린을 잡아준 것은 무생이었다.

"녹림과 척을 지려고 작정했구나! 어디 녹림을 막아 보거라!"

녹두와 그의 부하들이 철관사귀에게 달려들었다. 무생은 철관사귀의 움직임을 바라보았다. 철관사귀의 내기는 의외로 정순해 정파의 것임을 추측할 수 있었다.

콰아앙!

철관사귀의 격공장이 녹두의 부하들을 날려 버렸다. 녹두는 이를 갈며 철관사귀를 노려보았다. 도저히 승산이 없었기에 더 이상 덤비는 것은 개죽음이었다.

"두고 보자!"

녹두가 물러나자 부하들이 부상자들을 들고는 숲 속으로 사라졌다. 이로써 철관사귀는 녹림과의 일전을 피할 수 없게 되었다.

아무리 무림백천에 들었기는 했으나 녹림의 우두머리인 녹왕도 무림백천의 인물이었다. 녹림 전체를 상대하는 것은 사실상 불가능이었다. 그럼에도 철관사귀는 망설임이 없었다.

철관사귀가 나무 상자를 품에 넣고 다시 철관과 연결된 쇠사슬을 몸에 감았다. 그가 철관을 끌고 빠르게 사라지자 맹림상단 모두가 안도의 한숨을 내쉬었다.

백하린은 표정을 굳히며 긴 한숨을 내쉬었다.

"이번 상행은……, 실패로군. 정의천과 연을 잇기는커녕 신용을 잃겠어."

"그럴 일은 없을 것이다."

무생의 말에 백하린은 무생을 바라보며 힘없이 웃었다.

"남자가 그렇게 쉽게 말을 내뱉는 거 아냐."

"그런가."

무생이 그렇게 말하자 백하린은 힘없는 미소를 지었다. 그래도 희망적인 것은 평소 하던 거래에는 별다른 손실이 없다는 것이었다. 더 큰 발판을 마련하지는 못했지만 아직 시기가 아닌 것이라 생각했다.

"목적지를 바꾸는 건가?"

"본래는 정의천 남부 지부에 들렀다 가려 했지만……, 갈 일이 없어졌으니 본래 거래 장소로 직행할 수밖에."

"그렇다면 나는 여기서 따로 가야겠군."

"응?"

무생의 말에 백하린은 혈소옥을 빼앗겼을 때보다 더 심각한 표정을 지었다.

"어째서?"

"본래 그렇게 하기로 했다."

"그랬었지……."

백하린은 말로 형용할 수 없는 표정이 되었다. 무생은 그녀의 얼굴을 바라보았다. 그녀가 더 잘되었으면 하는 생각이 있었다.

감성적인 생각이지만 그것도 나쁘지 않았다. 일찍 이런 감정을 깨달았다면 남궁소연과 같은 사태는 일어나지 않았을 것 같았다.

사람을 사람으로 보기는 했지만 마음으로써 대하지는 않았다. 무생은 요즘 들어 자주 후회를 한다고 생각했다.

'일단 받아와야겠군.'

철관사귀에게 받아서 몰래 넣어줄 생각이었다.

실력을 드러내서 모두 다 쓸어버리는 선택지도 있었지만 그리 하지 않았다. 철관사귀에 대한 흥미뿐만 아니라 더 큰 이유가 있었다.

맹림상단의 이들은 좋은 사람이다. 그들에게 위협이 될 만한 일이 생겼다면 무생은 실력을 드러냈을 것이다. 하지만 그런 상황이 아니고서는 실력을 보이기 싫었다. 모두의 태도가 바뀔 것이 확실했기 때문이다.

그냥 저들이 자신을 삼급 표사로 보는 것이 좋았다. 신선한 느낌이기도 하고 자신 역시 평범해진 기분이었기 때문이다.

상단의 인원들에게 살짝 목례를 한 무생은 백하린을 바라보았다.

"저기……."

"인연이 있다면 또 보도록 하지."

무생은 백하린의 말을 자르며 이별을 고했다. 백하린은 살짝 멍한 표정을 짓다가 씁쓸한 미소를 지으며 고개를 끄덕였다.

"아……."

무생은 백하린의 어깨를 살짝 두드리고는 그대로 등을 돌렸다.

第五章

녹림

무생은 바로 철관사귀를 추적했다. 철관사귀의 흔적을 찾는 것은 그에게 있어 무척이나 쉬운 일이었다. 관을 끈 흔적을 찾으면 그만이었기 때문이다. 게다가 싸운 흔적도 상당히 많아 단지 쫓아가기만 하면 될 뿐이었다.

'산적들과 싸우고 있군.'

홀로 많은 산적과 싸우고 있는 것 같았다. 그깟 물건을 위해 치열하게 다투는 꼴이 우습기 그지없었다.

무생은 오랜만에 무적수라보를 시전했다. 더욱 완벽해진 무적수라보는 이제 그 어떤 흠도 찾아보기 힘들었다. 모든 변화를 품을 수 있고 버릴 수 있었다.

파앗!

무생의 신형이 소리 없이 뻗어갔다. 나무와 바위들을 마치 통과하듯 지났다. 그것들이 잘게 쪼개지며 바닥에 떨어졌지만 그럼에도 기척조차 느껴지지 않았다. 도저히 인간이 펼친 것이라고는 믿기 힘들 지경이었다.

'저기 있군.'

숲속에서 칼부림이 일고 있었다. 번쩍하는 섬광이 치솟고 나무가 베어지며 쓰러졌다. 녹림을 상대하고 있는 철관사귀는 교묘하게 함정을 파 숫자를 하나하나씩 줄이고 있었다. 그것만으로 녹림의 추적을 교묘히 피하고 있었다. 제법 놀라운 솜씨였다.

하지만 그것도 한계였다. 녹림은 숫자가 많기로 유명할 뿐더러 산을 자기 안방처럼 생각하는 자들이었다. 개개인의 경지는 낮으나 무림에서 거대한 몸집을 유지할 수 있었던 것은 그러한 이유였다.

무생은 무적수라보로 높은 나무의 끝에 올라가 광경을 내려다보았다.

"산적들이 재주는 있군."

무생은 녹림의 움직임을 보며 그렇게 말했다. 산을 타는 재주가 있는 자들이었다. 산적이니 그것은 당연할 테지만 제법 잘 훈련된 티가 났다.

무생은 나무 위를 오가며 한가하게 철관사귀를 뒤쫓았다. 한 번 눈에 띈 철관사귀는 결코 무생의 시야에서 벗어날 수가 없었다. 무생에게서 벗어나려면 그보다 속도가 빠르고 내공이 많아야 했다. 하나 현 무림에서 그런 존재는없다고 봐야 했다.

그 누가 무적수라보를 앞설 수 있단 말인가? 오랜 세월 불사를 추구한 혈마 역시 불가능했다. 황산의 모든 것을 빌었어도 위력에서는 크게 밀렸던 혈마였다.

"관이라……."

무생은 철관사귀가 끌고 있는 관을 바라보았다. 안에는 시체가 들은 것 같았다. 왜 관을 끌고 다니는지 무척이나 궁금해졌다.

철관사귀가 포위당한 것이 눈에 들어왔다. 벗어나려 하고 있지만 이번에는 벗어날 수 없을 듯했다. 녹림의 정예가 모두 나타난 것 같았다.

산적 주제에 진을 형성하며 철관사귀를 압박할 때였다. 무생이 천천히 하늘에서 떨어지며 철관사귀 앞에 섰다. 철관사귀는 화들짝 놀라며 뒤로 몇 발자국 물러났다.

"당신은……, 그 맹림상단의 표사?"

"지금은 아니지."

무생이 자연스럽게 허공을 가르며 내려오자 경계를 한 것은 철관사귀뿐만이 아니었다. 녹림의 정예들도 긴장하며 무생을 바라보았다. 그중에는 녹두도 끼어 있었다.

"네, 네놈은……, 그 건방진 표사 놈이로군."

무생은 녹두의 말을 듣지 않으며 철관사귀를 바라보았다.

"그러고 보니 밥값 받는 것을 잊어서 말이야."

"밥값이라 하면……?"

"인당 은자 오십."

"무슨?!"

만복금은 무생에게 재물의 대한 욕심이 너무 없다고 말해준 적이 있었다. 지금 역시 마찬가지였지만 이들이 자신의 한가한 여정을 방해한 만큼 대가를 받아야 한다고 생각했다.

'세상에 공짜는 없다고 했던가.'

만복금이 좋아하는 말이었다. 무생은 천천히 고개를 돌려 철관사귀를 바라보았다.

"없으면 그만큼 일해야지."

"내가 그리할 거라 생각하오?"

"당연히."

무생은 철관사귀에게서 시선을 떼어 녹림 정예들을 바라

보았다. 갑자기 무생이 난입하자 경계하던 그들은, 무생의 정체가 맹림상단의 삼급 표사임을 깨닫자 경계를 풀고 비웃었다.

"죽고 싶어 환장했나 보군."

녹두가 그렇게 말했다. 가소롭다는 눈빛이 무생에게 닿아 있었다. 맹림상단의 삼류 표사는 삼류 무사에 간신히 미치는 낭인이 전부였고 무림인이라 부르기도 뭐한 자들이었다. 게다가 무생의 행색도 낭인의 표본이니 무시할 만도 했다. 방금 전 허공에서 내려왔음에도 말이다.

"철관사귀라 했나. 기다려라."

철관사귀는 무언가 느끼는 것이 있는 듯 무생의 말에 별다른 대꾸를 하지 않았다.

"꼴에 검을 차고 있군."

녹두가 무생의 검을 비웃었다. 허름한 검이 무척이나 낡아 보였기 때문이다. 그에 비해 녹림의 정예들은 제법 비싼 옷을 입고 있었다.

"하하, 좋다. 검을 뽑을 시간을 주지. 나에게 덤비다 죽은 것을 자랑으로 여겨도 좋다."

"후회 없나?"

무생이 묻자 녹두의 얼굴이 일그러졌다.

"끝까지 건방지군. 검을 뽑아라. 때려 죽여주지."

"나는 검법을 잘 모른다."

나지막하게 말한 무생은 검에 손을 가져다 대었다. 가볍게 손잡이를 잡고 천천히 검을 빼었다. 그 모습이 너무나 미려해 빨려들어 갈 것만 같았다. 철관사귀는 그 모습에 눈을 부릅뜨고 있을 뿐이었다.

"최근에서야 제법 구상해 보게 되었지."

검이 완전히 뽑히고 무생의 손에 들려졌다.

지이잉!

공명이 터져 나왔다. 낡은 검에서 뿜어져 나온 것 치고는 너무나 청아한 음색이었다. 그 소리에 녹림의 정예들은 한 걸음 물러났다.

"근데 그냥 휘두르는 게 편하더군."

검노의 검법은 많은 묘리를 담고 있었는데 무생에게는 어울리지 않았다. 검노가 아무렇게나 체조를 하며 검을 휘두른 것처럼 그렇게 편하게 휘두르는 것이 나았다.

무생의 검이 서서히 황금빛으로 타올랐다. 일렁이는 검강은 모두를 두려움에 질리게 만들었다. 단순한 검강으로 생각하기엔 기세가 너무 위력적이었다.

염강기를 펼치지 않았음에도 주변의 공간을 짓눌렀다. 그제야 녹두는 무생이 엄청난 고수임을 알아차렸다. 철관사귀도 뛰어난 고수였지만 무생은 자신의 경지로는 측정조차 할 수 없었다.

"자, 잠깐! 대, 대협!"

녹두의 말에도 무생은 천천히 녹두와 녹림의 정예들을 향해 검을 휘둘렀다. 단순한 휘두름이었지만 그 단순함 속에 검노가 추구했던 묘리가 숨어 있었다.

과거에 검노는 검에 자연을 담으려 했지만 득도촌에 오고 나서부터는 자연을 벗어났다. 자신의 마음대로, 자신의 생각대로 휘두르는 것에 어색함이 없게 되었을 때 그는 반선이 되었다. 무생이 얻은 것은 바로 검노의 그러한 검이었다.

서걱!

무생에 검에서 뻗어나간 거대한 검강이 녹두와 녹림 정예들의 허리를 정확히 훑고 지나갔다. 마치 하늘과 땅을 나누는 지평선과도 같은 광경이었다. 황금빛 검강이 주변을 가르고 지나가자 주변에 있던 나무들이 모두 무너져 내리기 시작했다.

콰가가가가가!

수백 그루의 나무가 일제히 쓰러지는 광경은 너무나도 비현실적이었다. 철관사귀는 경악에 찬 표정으로 그 광경을 바라보았다.

"허, 허어억!!"

녹두는 비명성을 내뱉었다. 자신의 몸을 가르고 간 검강을 분명 느꼈기 때문이다. 곧 자신의 허리가 둘로 분리되며 바닥에 떨어질 것이라 여겼다.

"으, 응?"

하지만 여전히 허리는 붙어 있었다. 다른 자들을 보니 그들도 겁에 잔뜩 질려 자신의 몸을 매만지고 있었다.

"허억!"

"내, 내공이!"

그들은 내공이 모조리 사라졌음을 깨달았다. 무생이 벤 것은 나무와 그들의 내공이었다. 단전이 박살 나거나 혈맥이 다친 것은 아니지만 내공만 그대로 사라져 버린 것이다. 녹두는 허탈감에 그대로 털썩 주저앉았다. 다른 녹림 정예들도 마찬가지였다.

평생을 쌓아온 내공이 사라지니 절망감이 밀려왔다. 그리고 무생에 대한 두려움이 쌓여갔다.

"고, 고인께서는 도대체 누구십니까?"

녹두가 조심스럽게 물었다. 철관사귀도 궁금한 듯 무생을 바라보았다. 무생은 아무 말도 하지 않고 손을 뻗었다. 녹두는 무생이 왜 그러는지 이해할 수 없었다.

"인당 은자 오십."

무생의 말에 녹두는 눈을 깜빡이다가 침을 꿀꺽 삼켰다.

녹림에게서 돈을 뜯는 자는 처음이었다. 철관사귀 역시 긴장하며 무생을 바라보았다. 방금 전 그 한 수로 무생에게 일초지적도 안 된다는 것을 깨달은 것이다.

녹두는 위기감을 느꼈다. 내공이 전혀 모이지 않았고 도망칠 수 있을 것 같지 않았다. 녹왕이라면 어떻게든 해결해 줄 수 있을지 몰랐다. 녹두는 잘 안 돌아가는 머리를 돌렸다.

"지, 지금은 그만한 돈이 어, 없습니다. 보, 본채에 가시면 있을 수도……."

"네 우두머리가 있는 곳 말인가?"

"그, 그렇습니다."

살기 위해서 녹왕을 판 느낌이 들었지만 녹림의 우두머리라면 이런 상황쯤은 타파할 수 있어야 한다고 스스로를 위로하는 녹두였다.

무생은 잠시 생각하다가 고개를 끄덕였다.

'산적들의 본거지를 뿌리 뽑는 것도 괜찮겠지.'

덤으로 전리품을 챙겨도 괜찮을 것 같았다. 만복금이 같이 있었다면 아예 녹림을 거지꼴로 만들 테지만 무생은 약간의 은자나 쓸 만한 도구 정도면 만족해했다.

"안내해라."

무생의 말이 떨어지자 몸을 덜덜 떨던 녹두가 앞서가며

안내하기 시작했다. 무생은 멀뚱멀뚱 서 있는 철관사귀를 바라보았다.

"따라와."

"……어쨌든 구명지은을 입었으니 따르는 것이 도리겠지."

철관사귀의 말에서 체념이 느껴졌다. 눈앞에 있는 자는 상식적으로 이해할 수 없었고, 안타깝지만 지금 자신의 생사여탈권을 쥐고 있는 듯했다.

"녹림의 본채로 갈 생각이오?"

"산적을 잡기에는 그 편이 나을 것 같군."

무생이 고개를 끄덕이며 그렇게 말하자 철관사귀는 표정을 굳혔다. 무생의 말은 녹림십팔채의 중심을 없애 버리겠다는 뜻이었다.

무생은 녹림을 그저 조금 큰 산적이라 생각할 뿐이었다. 상단들을 방해하는 질 나쁜 자들 말이다.

* * *

침묵 속에서 관을 끄는 소리와 발자국 소리만 들렸다. 애석하게도 녹림의 정예들이 철관사귀를 산채 쪽으로 몰고 간 덕분에 산채와의 거리는 그렇게 멀지 않았다. 가벼운 경

신법으로 한 시진이 걸릴 정도였다.

"저, 저기……, 대협."

녹두가 조심스럽게 무생을 불렀다. 죽립을 눌러 쓴 무생은 처음에는 평범한 낭인처럼 보였지만 지금은 아니었다. 범상치 않은 무언가가 흘러나오는 듯해 녹두는 쉽사리 말을 걸 수 없었다.

무생이 고개를 돌려 바라보자 녹두는 침을 꿀꺽 삼켰다.

"이 앞인데……, 그 산채에서 돈을 받으시면 물러나실 겁니까?"

"돈은 이제 관심 없다."

"그, 그럼……."

무생이 아무 말도 하지 않자 녹두는 불안감에 휩싸였다. 이제는 녹왕을 믿는 수밖에 없었다. 녹왕의 무위는 무림백천에서도 최상위권이니 말이다.

보초들을 지나치자 거대한 산채가 모습을 드러냈다. 여러 산채가 있었는데 그중에 중앙에 있는 산채는 웅장할 정도로 컸다. 녹림십팔채의 본채다운 모습이었다.

이 안에서도 큰소리를 치고 다니던 녹두가 빌빌거리는 모습으로 나타나자 녹림의 모든 일원들이 의아함을 감출 수 없었다. 허름한 차림의 낭인과 철관을 끌고 다니는 괴인 역시 시선을 끄는 데 한몫했다.

"무, 무슨 일입니까요?"

"노, 녹왕께서는 계시는가?"

"지금, 수면 중이시라……."

녹두는 무생의 눈치를 살폈다. 무생은 산채를 보고 있었다. 자연과 조화롭게 잘 만들었다고 생각했다. 그저 무식한 산적인 줄만 알았는데 이런 부분에도 제법 신경 쓴 흔적이 있었다. 게다가 복장도 그럭저럭 깔끔하니 산적보다는 산 깊숙한 곳에 있는 문파 같은 느낌이었다.

밖으로 나갈 때는 산적 같은 모습을 했는데 이들은 그것을 작업복이라 불렀다. 그러는 편이 더 위압감을 주기 쉽고 잘 먹혀들어 갔기 때문이다.

녹두가 어찌할 바 모르며 허둥거리고 있을 때 중앙 산채의 거대한 문이 열렸다. 공력을 이용해 연 것이 확실했다. 그 안에서 걸어 나온 것은 덩치가 산만 한 남자였다. 살집이 좀 있는 편이었는데 그럼에도 전체적으로 호쾌한 인상이었다.

철관사귀는 본능적으로 눈앞의 남자가 녹왕이라는 것을 알아차렸고 자신보다 두 수는 족히 높은 경지에 있음을 깨달았다. 녹왕은 그 누구도 보지 않고 오직 주변을 둘러보고 있는 무생에게 시선을 두었다.

"고인께서는 어찌 녹림을 방문하신 것이오?"

녹왕이 말을 건네자 그제야 무생은 천천히 고개를 돌려 녹왕을 바라보았다.

"나는 맹림상단의 삼급 표사였소."

"으음……."

녹왕은 신음을 흘렸다. 맹림상단은 녹왕도 충분히 아는 상단이었지만 눈앞에 있는 자가 삼급 표사로 있을 그런 곳은 절대 아니었다. 아니, 눈앞에 있는 자는 어딘가의 장문인이었으면 장문인이었지, 절대 누구 밑에 있을 사람은 아니었다. 그것을 녹왕은 무생이 이곳에 당도했을 때부터 깨닫고 있었다.

세간에서는 그의 경지를 무림백천으로 놓았지만 사실 얼마 전에 현경에 들어 볼 수 없는 것을 보는 그런 상태였다.

"저 산적들이 나타나 강제로 물건을 빼앗더군. 그러니 나도 빼앗으러 왔소만."

"으음……."

녹왕은 신음을 흘렸다. 주변에 있던 원로들이 살기를 일으켰지만 녹왕이 손을 들자 뒤로 물러났다. 녹림에서 녹왕의 위치는 절대적이었다. 더군다나 지금 녹왕은 녹림을 전성기로 이끈 자였다.

"오해가 있었소."

"강도질에 무슨 오해가 있다는 말이오?"

"산적질이라면 산적질이겠지만 근본은 조금 다르오."

녹왕이 무생의 앞으로 내려왔다. 그런 녹왕을 걱정스러운 눈으로 바라보는 두 여인이 있었는데, 반쯤 벗고 있는 그녀들은 녹왕의 두 부인이었다. 녹왕은 그녀들에게 들어가라고 손을 휘저어 주었다.

"녹림의 영향권에 있는 산에는 일반적인 산적이 없소. 모두 녹림의 형제들이오. 통행료를 받는 것이 산적질이라면 산적질이겠지만 우리는 상단의 물건을 빼앗지는 않소."

"맹림상단의 것을 빼앗으려 했지 않소?"

녹왕은 고개를 끄덕였다.

"그러니까 오해가 있다고 말한 것이오."

무생은 녹왕의 말을 들어보기로 했다.

"통행료는 일종의 수고비요. 이 근방의 강도나 산적들을 우리가 주기적으로 청소하고 있소. 그리고 소규모 상단일 경우에는 통행료를 받고 산을 벗어날 때까지 보호해 주기도 하오."

그 말은 사실이었다. 요즘 들어 녹림이 크게 날뛰며 물건을 빼앗는다는 소문이 있었는데 그것은 해당 상단이 녹림을 욕보였거나 선제공격을 한 경우에 한에서였다. 통행료를 주지 않으면 통행료의 가치만큼 재물을 받아가기는 했다.

"맹림상단이 가지고 있는 것은 그들이 감당할 수 없는 것이었소. 산을 벗어나면 사파나 다른 무리가 노려올 것이 뻔하오."

"무엇인 줄 아나 보군."

"혈마인. 그것을 만드는 혈소옥이라 알고 있소만."

무생은 녹왕을 바라보았다. 녹왕의 식견은 꽤나 깊었다. 그럴 수밖에 없는 것이 녹림의 정보력도 꽤나 뛰어났다. 오가는 상인들은 최신 정보를 알고 있었고 그 정보들이 모두 녹왕의 귀로 들어왔기 때문이다.

"혈마인이 자연사하면서 혈소옥이 등장하고 있소. 그것을 노려 득을 보려는 세력들도 상당하오. 맹림 같은 규모의 상단이 그들을 막을 수는 없을 것이오."

무생은 고개를 끄덕이며 납득했다. 녹림은 그 근본이 산적이기는 하지만 악질적인 산적을 모두 청소하고 길목을 오가는 상단에게 대가를 받는 사업을 벌이고 있는 단체였다. 그것이 옳은 일은 아니지만 더 큰 위협을 제거해 주었다는 점에서는 좋은 편이었다.

맹림상단이 도중에 습격을 받지 않은 것은 녹림의 영향권 아래에 있는 산이었기 때문이다. 구파일방이나 마교 정도면 모를까 다른 세력들은 녹림을 감히 무시할 수 없었다.

"욕심이 나서가 아니오?"

무생이 묻자 녹왕은 고개를 저었다.

"우리가 보관하다가 정의천에 넘겨줄 생각이었소. 물론 맹림상단의 이름으로 말이오."

"음……."

녹왕은 현명한 자였다. 무생은 녹림이란 산적들을 청소하려던 계획을 수정했다. 생각보다 쓸 만한 집단이었다. 개방처럼 말이다.

"지금은 저자가 가지고 있군."

녹왕이 철관사귀를 바라보았다. 철관사귀는 날카롭게 눈을 빛내며 내공을 일으켰다 절대 빼앗길 수 없다는 생각에서 나온 행동이었다.

"넘길 수 없소."

"네가 악명 높은 철관사귀로군."

녹왕은 무생을 의식해서 내기를 끌어 올리지는 않았다. 무생은 철관사귀를 바라보았다. 시선을 느낀 철관사귀였지만 그 의지는 변함없었다. 자신의 목숨을 걸고 있었다.

"무슨 이유라도 있나?"

"이유를 말하면 빼앗지 않을 것이오?"

"들어보고."

무생의 말에 얼굴이 일그러진 철관사귀였지만 선택의 여지가 없었다. 철관사귀는 모두의 시선을 받으며 철관을 자신의 앞으로 끌고 왔다.

"말하겠소. 긴 이야기가 될 텐데 자리를 옮기지 않겠소?"

그렇게 말한 철관사귀는 긴 숨을 내쉬었다. 그 모습이 제법 고통스러워 보였다.

第六章

슬픈 부활

철관사귀는 본래 번듯한 무림세가의 일원이었다. 오대세가는 아니었지만 그래도 명문으로 치는 세가였고 그는 가주가 손수 거두어준 재능이 뛰어난 자였다. 하나를 가르쳐 주면 열을 알았고 무학뿐만 아니라 문예에도 두각을 나타냈다.

가주는 가전무공을 가르쳐 줄 정도로 그를 신임했고 그는 기대에 보답하기 위해 누구보다 열심히 무공을 익혔다. 가주는 자식이 오직 하나였는데 미색이 뛰어난 딸이었다. 그는 각고의 노력 끝에 세가의 호위무사들을 통솔하는 호위대장의 위치까지 올랐다. 무림에서도 기대받는 인재였다.

"그때까지만 해도 세상을 다 가진 것 같았소."

잠시 철관사귀가 말을 멈췄다.

"철관사귀가 본래 정파의 인물이었다니 몰랐군."

녹왕이 그렇게 말하자 녹림의 모두가 고개를 끄덕였다. 철관사귀는 원하는 것을 얻기 위해서 수단과 방법을 가리지 않고 상대를 죽이는 악랄한 자로 알려져 있었다.

녹왕과 녹두, 녹림의 원로격 고수들, 그리고 무생은 오른쪽 산채에 마련되어 있는 객실 안에 자리 잡고 있었다. 산에 있는 것이라고는 생각되지 않을 만큼 깔끔하고 편안한 분위기의 객실이었다.

"무슨 일이 있었나?"

무생이 흥미를 가지며 묻자 철관사귀는 물을 들이켜고는 다시 말을 잇기 시작했다.

철관사귀는 승승장구했다. 지역에서 손꼽히는 고수가 되고도 착실히 그녀를 보호했다. 나름 준수한 그와 고운 아가씨가 항시 붙어 있는데 연분이 나지 않는 것이 오히려 이상했다. 가주는 처음에는 반대했지만 둘이 무척이나 잘 어울리는 것을 알고는 결국 승낙할 수밖에 없었다.

비극의 시작은 모용세가의 외가 쪽인 하연세가의 후계자

의 눈에 그녀가 들어오고 나서였다.

"가연……."

철관사귀가 그녀의 이름을 불렀다.

그녀의 이름은 가연이었다. 가연과 철관사귀가 미래를 약속할 때 하연세가의 후계자 하청패가 모용세가의 힘을 동원해 철관사귀를 제압하고 그의 앞에서 철저하게 가연을 능욕했다. 철관사귀는 피눈물을 흘리며 막으려 했지만 역부족이었다.

결국 가연은 철관사귀에게 미안하다고 사죄하며 자결했고 철관사귀는 증오 속에서 간신히 살아남았다. 그가 시신을 들고 세가로 돌아갔을 때 세가는 모용세가의 수법에 의해 무림공적이 되어 불타오르고 있었다. 그를 거두어준 가주, 그리고 동료, 친우들이 모두 불타 죽었다.

철관사귀는 세가의 보물인 빙옥을 겨우 찾아냈다. 그리고 철관을 만들어 그녀의 시신을 보존했다. 그때부터 그는 관을 끌고 다녔다.

"하청패는 어떻게 했나?"

무생이 묻자 철관사귀는 섬뜩한 미소를 지었다.

"화경에 오르고 제일 먼저 찾아가 끔찍한 고통을 안겨주었소."

잠시 침묵이 자리 잡았다.

"흐, 흐흐흑."

"흐어어엉!"

녹두와 녹림 정예들이 대성통곡을 하기 시작했다. 녹왕 역시 눈물을 흘렸다. 어느새 다가온 녹왕의 두 부인 또한 소리 내어 울었다.

그렇게 되자 당황한 것은 철관사귀였다. 무생은 고개를 끄덕이며 표정을 굳힐 뿐이었다. 사랑하는 자를 그렇게 잃은 고통은 상상되지 않았지만 조금 알 수 있을 것 같기는 했다.

"그때부터 가연을 살리기 위해 모든 것을 다했소. 상처가 나도 몸을 완벽히 재생하는 혈마인이라면 그녀를 살릴 수 있을 것 같았기에……."

철관사귀는 뒷말을 흐렸다.

"자네, 진정한 사나이로군."

녹왕이 철관사귀의 어깨를 두드리며 그렇게 말했다. 녹두 역시 고개를 끄덕였다.

"이 얼마나 슬픈 이야기란 말인가! 흑흑흑!"

녹두는 닭똥 같은 눈물을 흘리고 있었다. 녹왕은 고개를 끄덕이며 결심한 듯 철관사귀를 바라보았다.

"녹림에서는 그 물건에 대해 관여하지 않겠네. 그런 일이라면 자네가 써야 함이 옳겠지. 다만……."

녹왕은 무생을 바라보았다. 여기서 그의 의견이 제일 중요했다. 무생은 철관사귀를 바라보며 입을 떼었다.

"살릴 자신은 있나?"

무생이 그렇게 말했다. 철관사귀가 가연을 살리겠다고 한 부분에서부터 이미 마음이 정해졌다. 무생록의 마지막 단계와도 관련이 깊은 부분이었다. 죽은 자를 살리고 산 자가 죽는 것은 무생이 추구하는 것이었다.

"그동안 각지를 돌아다니며 모을 수 있는 모든 것을 모으고 할 수 있는 모든 일을 하였소. 남은 것은 이 혈소옥뿐이오."

"그녀가 온전한 모습으로 살아난다는 보장은 있나?"

"없소."

무생은 고개를 끄덕였다. 철관사귀의 눈은 너무나도 절박했다. 그리고 굉장히 슬퍼 보였다.

"그 물건이 그런 식으로 없어지는 것도 괜찮겠지."

무생이 말이 떨어지자 모두가 안도의 한숨을 내쉬었다.

"하하하! 그럼 소형제, 녹림에서 부지를 마련해 주겠네."

"소형제……?"

"과거를 나눈 사이니 우리는 이제 형제가 아닌가! 그렇지 않습니까, 형님?"

녹왕이 호탕하게 말하다가 마지막에 무생을 바라보았다.

무생은 피식 웃으며 맘대로 하라는 식으로 고개를 끄덕였다.

"좋은 형제가 생겨서 기쁘군! 여봐라! 술판을 벌이거라!"

"알겠습니다! 밖에 누구 있느냐!"

녹왕이 말하자 녹두가 큰 소리를 외치며 밖으로 나갔다. 철관사귀는 눈을 깜빡이다가 그제야 작게 미소를 지을 수 있었다. 녹림을 전성기로 이끈 것은 녹왕의 이런 면모 때문이라는 생각이 들었다.

"필요하다면 거들어 주겠다."

무생이 철관사귀를 바라보며 말했다. 철관사귀는 조용히 고개를 숙였다.

"감사합니다, 큰 형님."

큰 형님이라는 소리가 듣기 나쁘지 않았다. 무생이 살짝 고개를 끄덕이자 녹왕은 흡족한 듯 큰 미소를 그렸다.

"그나저나 형제가 되기는 했지만 서로의 이름조차 모르는군. 형님께서는 존함이 어찌되십니까?"

녹왕이 공손하게 물었다. 철관사귀 역시 궁금한 듯 무생을 바라보았다. 무생은 천천히 입을 떼었다.

"무생."

무생이라는 이름이 들리자 녹왕과 철관사귀의 눈이 크게 떠졌다. 그러다 경악에 가까운 표정으로 바뀌었다. 녹왕은 너무나 놀라며 다시 떨리는 입을 떼었다.

"그, 그 여, 염마지존이라는 말씀이십니까?"

"그런 말을 듣고 있기는 하지만 그냥 무생일 뿐이다."

"허억!"

무생의 담담한 말에 녹왕은 뒤로 주춤 물러났다. 녹왕의 두 부인 역시 크게 놀라며 몸을 가누지 못했다.

"고금제일인!"

"염마지존!"

녹림의 원로들은 거의 무릎이라도 꿇을 지경이었다. 철관사귀는 침을 꿀꺽 삼키며 무생을 바라보았다.

"아, 아우는 도진이라 합니다."

철관사귀의 본명은 도진이었다.

"진대정입니다."

녹왕은 재미있게도 제법 이름이 알려진 진씨세가 출신이었다. 그렇게 자신을 소개하기는 했지만 그들은 여전히 얼떨떨했다.

"술상을 마련했습니다! 으, 응? 왜들 그러십니까?"

모두가 멍한 표정을 짓고 있자 녹두가 눈을 깜빡이며 그렇게 물었다. 하지만 아무도 대답해 주지 않았다.

*　　*　　*

무생은 일단 하루는 녹림의 산채에서 머물기로 했다. 중앙 산채에서도 가장 좋은 방을 주었는데 무생도 나름 만족하고 있었다.

산채 앞에서는 술판이 벌어지고 있었다. 커다란 모닥불을 피워놓고 고기를 굽고 있었는데 굉장히 시끄러웠다.

무생이 등장하자 녹왕이 제일 좋은 자리로 안내했다. 무생은 모처럼 죽립을 벗고 있었는데 녹왕의 두 부인은 정신을 놓고 그 모습을 바라보았다. 그러다 녹왕이 헛기침을 하자 어찌 할 바 모르며 시선을 돌렸다.

"하, 하하하! 형님께서는 소문대로 굉장하시군요."

"그런가?"

"여자가 줄을 설 것 같습니다."

무생은 피식 웃고는 자리에 앉았다. 지금은 진정되어 눈치를 보는 것 정도에 그치고 있었지만, 무생이 염마지존이라는 사실이 알려졌을 때는 한바탕 경악의 파도가 휘몰아쳤었다. 녹두는 기절하고 난 다음에 깨어나 감히 눈도 맞추지 못했다.

"형님께 술 한 잔 올리겠습니다."

녹왕이 무생의 잔에 술을 따랐다. 상당히 좋은 술이었다. 괜찮은 분위기가 이어졌다. 도진은 술을 한 번에 들이켜더니 무생에게 고개를 숙였다.

"부족한 저 대신 모용세가를 없애주셔서 감사합니다."

"그들이 너의 원수였던가."

"제 힘으로는 어찌 할 수 없는 자들이었지요."

하청패는 어떻게든 했지만 모용세가는 어찌 할 수가 없었던 도진이었다. 무생은 고개를 끄덕이며 술잔을 들었다. 모용준은 그리 큰 인상은 없었으나 모용천은 무생에게 있어 적이라 부를 만한 존재였다. 대천지주라 칭했던 자보다 더 거슬렸고 무생을 분노하게 했던 자였다.

'나였다면…….'

무생이 만약 도진의 입장이었다면 세상을 박살 냈을지도 모르는 일이었다. 무생은 술을 쓰게 삼키는 도진을 바라보며 조용히 고개를 끄덕였다.

"그 연인을 살리는 것이 네 소원인가?"

"제게 유일하게 남은 일이겠지요."

"그렇군."

무생은 녹왕과 도진의 잔에 술을 따라주었다. 무생의 기운이 들어간 술은 그 어디에도 없는 극상의 술이자 명약이었다. 도진이 술을 들이켜는 순간 눈이 크게 떠졌다. 내력이 증진되고 머리가 맑아지는 느낌이 들었기 때문이다. 녹왕 역시 크게 놀라며 무생을 바라보았다.

"오늘 많이 먹어둬라."

무생은 그렇게 말하면서 자리에서 일어났다. 무생의 하대와 명령하는 어투는 그들에게 있어 전혀 어색하지 않게 느껴졌다. 셋 중 무생이 가장 젊어 보였지만 은연중에 무생이 쌓아올린 세월을 느꼈기 때문이다.

"내일 도진의 일을 치를 것이니 힘들 수도 있다."

"큰 형님……."

"더 이상 시간을 끄는 것은 좋지 않다."

도진이 오랜 세월 동안 모든 것을 다 바친 일이었다. 무생은 죽음을 그토록 바래왔었기에 그 마음을 잘 알고 있었다.

무생은 술자리에서 벗어나며 하늘을 올려다보았다. 밤하늘은 언제나 똑같이 어두웠다. 하지만 달은 유난히 밝아 마음을 흡족하게 만들었다.

다음 날 늦은 오후가 되자 녹왕은 도진을 위해 부지를 마련해 주었다. 혈소옥은 굉장히 위험한 것이어서 혹시나 모를 상황에 대비해 녹왕과 녹림 정예들이 모두 자리를 지켰다. 무생은 마지막에 도착해 심각한 표정의 도진을 바라보았다.

도진은 무척이나 긴장하고 있었다. 십 년이 넘는 세월 동안 간절히 바라왔던 일이었다. 녹왕은 도진의 어깨를 두드려 주었다.

"이제 시작해 보도록 하지. 어떻게 할 것인가?"

"혈소옥을 흡수시킨 다음 혈마기를 온몸에 돌려 죽은 곳을 재생시킬 것입니다."

혈마인이 된다면 손상당한 곳을 충분히 회복할 수 있었다. 혈마기는 선천지기를 이용해 시전자의 육체를 회복시켰는데 도진은 혈마기 대신 빙옥을 희생해 그 효과를 볼 생각이었다.

육체가 회복된 다음이 문제였다. 그녀의 정신이 돌아올 수 있을 확률은 극히 적었다. 도진은 그 적은 확률에 모든 것을 걸고 있는 것이었다.

무생 역시 이 일이 성공할 것이라고는 기대하지 않고 있었다. 죽음에서 사자를 살리는 것은 불가능할 것이다. 다만 무생은 도진의 미련을 없애주고 싶었다. 그가 할 수 있는 모든 것을 다 하게 하고 싶었다. 방해를 받았다가는 미련을 결코 떨쳐 버리지 못할 것이다.

무생은 도진에게 가까이 다가갔다. 도진은 목례를 한 다음 철관을 끌고 와 자신의 앞에 놓았다. 그리고 품에서 혈소옥을 꺼내었다.

"결과가 어떻게 되든 만족할 수 있나?"

"……."

무생의 말에 도진은 대답할 수가 없었다. 결과가 안 좋으면 그는 살아갈 방향을 잃게 될 것이다.

"해보거라."

무생이 보는 앞에서 도진은 철관의 뚜껑을 내공을 일으켜 천천히 열었다.

치이익!

냉기가 치솟아 올랐다. 도진이 있던 세가는 북해빙궁의 외가 쪽 집안이었다. 중원에 정착한 지 오래되어 멀어지기는 했지만 그래도 빙공은 내려오고 있었다. 세가의 보물인 빙옥은 가연의 시신을 완벽한 상태로 보존해 주고 있었다.

'목숨은 끊어졌군.'

동면 상태라면 무생이 도와줄 수 있었을 것이다. 하지만 목숨이 끊어져 있었다.

'혈마인으로 만든다면…….'

이 상태로 혈마인으로 만든다고 해도 살아날 수는 없을 것이다. 무생은 눈빛을 가라앉히며 상황을 주시했다. 도진은 혈소옥을 손에 쥔 채로 내공을 일으켰다. 도진의 내공에 의해 깨어나기 시작한 혈소옥이 혈마기를 뿜어내기 시작했다.

"흡!"

도진이 호흡을 멈추며 빙옥과 혈소옥을 하나로 합쳤다. 그러자 빙옥이 기괴한 소음을 내뱉더니 점차 붉은색으로 물들어갔다.

혈빙옥으로 재탄생된 것이다.

"북해의 보물과 맞먹는군."

녹왕은 혈빙옥의 모습에 감탄했다. 혈소옥은 빙옥의 막대한 한기를 혈마기로 바꾸며 더욱 그 농도가 진해지고 있었다. 도진은 혈빙옥을 가연의 단전 부근에 올려놓고 자신의 모든 내공을 끌어 올려 가연에게 주입했다. 도진은 지난 세월 동안 각지를 돌아다니며 강시술은 물론이고 각종 사술을 필사적으로 배웠다. 그것을 바탕으로 생기를 불어넣는 방법을 익힐 수 있었던 것이다. 무생이 보기에도 제법 적절한 방법 같았다. 내부로 섭취시키기보다는 혈맥을 통해 단전에 주입시켜 대주천을 유도하는 것이 그나마 가능성 있었다.

두드드드드!

철관이 흔들렸다. 혈빙옥에서 뿜어져 나오는 기운이 철관을 부수고 있는 것이었다. 철관이 갈라지기 시작했다.

퍼석!

철관에 미세하게 금이 가더니 눈에 보일 만큼 커졌다. 철관이 비틀리다가 조금씩 공중으로 떠올랐다. 붉은 한기에 감싸인 철관이 공중에서 서서히 돌다가 드디어 한계에 부딪혔다.

퍼어엉!

철관이 터져 나갔다. 완전히 박살 나 파편이 되어 사방으로 떨어져 내렸다. 혈마기가 잔뜩 묻어나 떨어지는 모습은 제법 끔찍했다.

혈마기의 불길함은 모두가 다 아는 사실이었다. 녹왕이 혹시 모르는 상황에 내기를 끌어 올리고 있자 녹림의 정예들 역시 주변을 막아섰다.

도진은 공중에 떠 있는 가연을 멍하니 바라보고 있을 뿐이었다. 가연의 몸 위로 떠오른 혈빙옥이 모조리 가연의 몸으로 빨려들어 가고 있었다. 제어를 잃은 내기는 육체를 파괴할 테지만 혈마기는 달랐다. 혈마기만 있다면 신체는 수복될 수 있었던 것이다.

'혈강시화 되는 것인가?'

무생은 혈마인을 넘어서 혈강시로 변하고 있음을 깨달았다. 생각보다 빙옥의 기운이 강했고 혈소옥과 궁합이 너무 잘 맞았다. 도진이 연구한 보람이 있는 성과였다.

"가연……."

도진의 음성이 울려 퍼졌다. 그에 반응해서일까? 혈빙옥이 부르르 떨다가 가연의 몸에 스며들었다. 가연이 천천히 바닥에 내려왔다. 몸에서 조금씩 생기가 도는 것 같았다.

도진이 그 모습을 보며 감격해 다가가려 했지만 무생이 손을 뻗어 막아섰다.

"큰 형님?"

"기다려라."

무생은 누워 있는 가연을 노려보며 그렇게 말했다. 생기가 돌았던 가연의 피부가 점차 희게 변했다. 머리카락도 붉은색으로 변해 버렸다. 그녀가 발작을 일으킨 것은 머리카락이 완전히 붉게 변했을 때였다.

"캬아아아악!"

가연의 입에서 인간의 음성이라고는 믿기지 않는 비명성이 터져 나왔다. 혈마기가 입에서부터 뿜어져 나오며 가연의 몸이 천천히 일으켜졌다.

"가연……?"

"물러나라."

혈마기의 농도는 이미 혈강시에 근접해 있었다. 빙옥이 큰 작용을 하여 더욱 완벽하게 혈강시가 되고 있었다. 가연의 얼굴이 일그러졌다.

"캬아아아!"

그녀에겐 이성이라고는 남아 있지 않았다. 아니, 그런 표현을 하기에도 애매했다. 그저 혈마기에 남아 있는 의지에 조종당하는 꼭두각시일 뿐이었다. 도진은 주저앉아 망연자실하게 그 광경을 바라보았다.

예상된 결과였지만 실제로 보게 되니 무생은 마음이 조금 씁쓸해졌다.

"일반적인 혈마인이……, 아니군요."

"혈강시라 표현하는 것이 옳겠지."

"혈강시……!"

무생의 말에 녹왕은 놀라며 앞으로 벌어질 상황을 주시할 수밖에 없었다. 황산에 혈강시가 출몰했다고는 했지만 실제로 보는 것은 이번이 처음이었기 때문이다.

무생은 혼백이 나간 듯한 도진의 앞을 막아섰다.

"네가 원한 것은 저렇게 움직이는 시체인가?"

"……저는……."

"어떠한 의미에서는 부활이 맞겠군. 아주 잘해주었어."

무생은 독한 말을 아끼지 않았다. 도진의 시선이 크게 흔들렸다.

"업보라 생각해라. 저렇게 만들기 위해 많은 짓을 해왔지 않느냐."

조금은 땡중의 생각을 빌려 말한 무생이었다. 혈강시는 눈에 보이는 모든 것을 파괴하기 위해 혈마기를 아낌없이 끌어 올렸다. 주변에 혈마기가 자욱해졌다.

콰가가강!

혈강시가 공중을 할퀴듯 휘젓자 혈마기가 뿜어져 나가며 사방을 부수었다.

"형님, 어떻게 할까요?"

"박살 내버리는 것이 옳겠지만……."

무생은 도진을 바라보았다. 그는 아직 정신을 차리지 못하고 있었다.

"자신의 고통은 자신이 극복해야지."

무생은 도진의 멱살을 잡아 일으켜 세웠다. 그리고는 혈강시 쪽으로 던져 버렸다.

"혀, 형님?"

"저대로 놔두면 어차피 정신을 놓을 것이니 차라리 같이 죽는 것도 나쁘지 않겠어."

무생은 그러며 도진을 바라보았다. 도진은 혈강시가 손을 휘둘러 왔음에도 피하지 않았다. 그대로 직격당해 뒤로 크게 나자빠졌다.

"쿨럭!"

내상을 심하게 입어 피를 토해냈다. 혈마기가 도진의 내공을 흩어뜨리고 있었다. 도진은 바닥에 누운 채로 혈강시를 올려다보았다. 그녀는 그가 사랑하고 추억하던 모습이 아니었다.

그동안 해왔던 일들이 후회되지는 않았다. 다만 그녀에게 건네지 못한 한마디가 후회스러울 뿐이었다.

"이렇게 끝나는 것도 좋겠지."

혈강시의 손날이 도진의 가슴을 찢어발기려 할 때였다.

콰앙!

녹왕이 고절한 신법으로 도진의 앞을 막아서며 혈강시의 손날을 튕겨냈다. 녹왕의 몸이 뒤로 크게 밀려났다.

"자네 아내는 힘이 참 장사로군."

녹왕은 능글맞은 미소를 지으며 도진을 내려다보았다. 도진은 눈을 깜빡일 뿐이었다.

"형제가 된 지 하루밖에 지나지 않았는데 장례를 치를 수는 없지 않은가."

녹왕은 미소를 지우며 다시 달려드려는 혈강시를 장법으로 튕겨냈다. 녹왕의 장법은 발경의 묘리를 담고 있어서 인지 혈강시의 내부를 뒤흔들었다. 뒤로 크게 밀려난 혈강시가 비틀거렸다.

녹왕은 고개를 설레 저으며 도진에게 다시 시선을 옮겼다.

"그렇게 죽을상 짓지 마라. 그 정도 했으면 대단한 거야."

"저는 이제 어떡하면……."

"뭐, 좋은 여자 만나 애 낳고 잘살아야지."

녹왕은 어깨를 으쓱하며 자신을 손가락으로 가리켰다.

"나처럼 예쁜 여자를 좀 꼬셔봐."

"……형님."

녹왕은 장난스럽게 웃더니 내기를 전력으로 끌어 올렸다. 현경에 달한 녹왕의 내기는 혈마기를 흩어놓을 만큼 대단했다. 세간의 평가가 틀렸음을 도진은 깨달았다.

혈강시가 다시 움직이기 시작했다. 혈마기는 무공을 익힌 자에게 치명적인 위력을 발휘하기에 녹왕은 호신강기를 몸에 두르며 상대해야만 했다.

녹왕이 전력을 다한다면 혈강시를 없앨 수는 있었으나 도진의 마음이 중요했다. 녹왕이 적당히 거리를 벌리며 상대하고 있자 도진이 천천히 몸을 일으켰다.

무생은 여전히 그들을 바라만 보고 있었다. 도진이 몸을 일으키자 무생은 느긋하게 걸어 옆에 섰다. 급박하게 돌아가는 상황에서도 산책이라도 나온 듯한 모습이었다.

"네가 할 수 있는 것은 다 해보지 않았느냐."

무생은 그렇게 말했다. 도진은 비명성을 질러대는 혈강시를 보며 아무 말도 할 수 없었다. 자신이 헛된 꿈을 꾸고 있었다는 것을 깨달았다. 아니, 예전부터 깨닫고 있었는지 모른다. 단지 외면했을 뿐이다. 그렇지 않으면 살아갈 수가 없었다.

"이제……, 받아들여야겠지요."

무생은 천천히 고개를 끄덕였다. 지금 도진이 할 수 있는 일이라고는 그저 마음의 고통을 참으며 몸을 가누는 일뿐이었다.

무생이 그의 어깨에 손을 얹자 내상이 빠르게 회복되었다. 도진은 머리가 맑아지는 느낌을 받았다. 후회와 미련이 사라지는 것은 아니었지만 이제야 그때로부터 하루가 지난 느낌이었다.

"형님! 좀 도와주십시오!"

녹왕이 혈강시의 손톱을 피하며 무생을 향해 소리쳤다. 혈강시의 혈마기가 점점 진해지고 있었다. 혈빙옥이 단전에 자리 잡게 되면 혈마강기를 뿜어내는 완전한 혈강시가 완성될 것이다.

그전에 끝내는 것이 가장 좋은 방법이었다.

"잘 잡고 있어라."

"예? 무슨……! 이걸 어떻게 잡고 있습니까?"

"녹왕이라 하지 않았느냐."

무생은 살짝 웃으며 녹왕을 바라보았다. 녹왕은 무생의 그런 시선에 모든 공력을 끌어 올릴 수밖에 없었다. 혈강시를 잘 잡고 있으란 것은 말도 안 되는 일이었지만 그래도 형님이 시키니 성격상 따를 수밖에 없었다.

"부인들……, 내 장례는 성대하게 치러주시게."

마음에도 없는 말을 하는 녹왕이었다. 그는 호신강기를 극성으로 끌어 올리며 혈강시의 양팔을 잡았다. 마구 날뛰려고 했지만 녹왕의 힘이 아직까지는 우위에 있었다.

"크, 크으!!"

호신강기를 뚫고 침입해 오는 혈마기에 녹왕의 안색이 새파랗게 변했다. 녹왕이 더 이상 버틸 수 없다고 판단했을 때였다.

휘이이.

바람이 한 차례 불었다. 그 바람이 혈마기를 모조리 날려버렸다. 녹왕은 고개를 들어 바람이 불어온 쪽을 바라보았다. 그곳에는 무생이 조용히 자세를 잡고 있었다.

혈강시가 그대로 굳어졌다. 혈강시를 조종하고 있는 혈마기가 무생의 기운에 압도당하고 있는 것이다.

황금빛 기류가 무생의 주변에서 솟구쳤다.

'이런 말도 안 되는 내공이 있다니!'

녹왕은 무생의 내공이 그 끝이 없음을 느꼈다. 혈강시를 잡고 있으면서도 무생의 알 수 없는 경지에 큰 충격을 받았다.

녹왕의 눈이 크게 떠지는 순간 드디어 무생의 주먹이 뻗어졌다.

천무권 파천권장(破天拳掌).

무생록의 시작을 알리는 파천권장이 모습을 드러냈다. 무생의 파천권장은 황산 이후 더욱 완벽해져 있었다.

콰가가가!

위력은 주변을 뒤흔들 정도로 강렬했지만 작렬하는 것을 모를 만큼 은밀했고 피할 수 없을 정도로 정확했다.

황금빛 기류가 혈강시와 녹왕을 쓸고 지나갔다. 녹왕은 황금빛 기류가 자신을 덮치자 경악하며 몸을 움찔했지만 정확히 혈강시만 강타하고 순식간에 사라져 버렸다.

혈강시가 내뿜던 혈마기가 모두 사라졌다. 무생의 황금빛 선천지기가 혈강시의 온몸에 파고들어 혈마기를 모조리 먹어치운 것이다.

혈강시의 단전에 있던 혈빙옥이 그대로 깨져 나가며 무생의 선천지기로 가득 찼다.

녹왕은 그 모습을 멍하니 바라보았다. 가히 고금제일인이라 불릴 만한 무공이었다. 이런 자를 그 누가 상대할 수 있단 말인가.

녹왕의 품에 가연이 쓰러졌다. 빠르게 다가오는 도진의

모습에 녹왕이 그녀를 넘겨주었다.

무생은 조용히 다가와 가연에게 선천지기를 불어넣었다. 가연에게서 조그마한 태동이 느껴졌다. 그것은 아주 작은 빛으로, 무생도 처음 겪어보는 감각이었다.

의아함을 가지던 그는 그것이 가연의 혼백임을 알아차렸다. 무생록 삼 단계에 이르러 무생은 사람의 혼백을 느낄 수 있는 경지에까지 도달했다.

'신기하군. 혈마기가 그것을 붙잡은 것인가.'

온전한 것은 아니었다. 단지 어떤 강렬한 열망이 그 자리에 머무르고 있는 것 같았다. 무생은 선천지기를 강하게 일으켰다.

무생록(無生錄) 삼식(三式).

무생록 삼 단계가 개방되었다. 무생의 기운은 녹림의 산채를 덮어버릴 정도로 강렬했다. 그것은 타오르는 불꽃과도 같았고 일렁이는 구름을 닮았으며 이글거리는 태양이었다.

무생은 뇌노의 모든 술식을 머릿속에 떠올렸다. 뇌노가 추구했던 것은 저승의 강림이었지만 뇌노는 그 끝을 보지 못했다. 무생의 머릿속에 뇌노가 늘 보여주었던 것들이 떠올랐다.

무림의 시선으로 본다면 사술에 가까웠지만 무생은 사용하는 것을 꺼리지 않았다.

무생의 손가락이 가연의 단전에 닿자 가연의 얼굴에 생기가 돌기 시작했다. 무생의 선천지기가 강제로 가연의 신체를 살아 있게 만들었다. 혈빙옥이 터를 잘 닦아놓은 덕분에 생긴 기적이었다.

"가연……?"

도진이 이름을 부르자 가연의 눈이 떠졌다. 가연은 도진을 바라보며 슬프게 웃었다. 도진의 눈에서 눈물이 흘러나오기 시작했다.

"미안하오."

가연의 손이 조용히 올라가 도진의 뺨을 쓰다듬었다. 가연은 입술을 빼끔거렸다. 무언가 말하려 했지만 소리가 나오지 않는 것으로 보였다.

"당신을 지키지 못한 날 용서하지 마시구려."

가연의 고개가 저어졌다. 그녀는 환하게 웃으며 작게 무엇인가 말했다. 도진의 눈이 크게 떠지며 겨우 얼굴에 미소가 그려졌다.

가연의 팔에 힘이 떨어지자 도진이 손을 잡았다. 이제 떠날 때임을 깨달았다. 가연의 손끝이 황금빛 가루가 되어 부스러지기 시작했다. 도진의 손은 황금빛으로 물들었고 가연의 몸은 곧 바람에 날리며 사라져 갔다.

무생은 그 모습을 바라보다가 긴 숨을 내쉬었다. 무생록 사 단계를 이루었다면 어쩌면 가연을 살려냈을지도 모른다. 지금은 고작 간신히 남아 있는 조그마한 혼백의 파편을 우연이라는 기적을 빌어 붙잡는 것이 고작이었다.

'아직 멀었군.'

무생은 스스로 부족하다는 것이 기분이 좋았다. 막연히 죽겠다는 생각이 아닌 무생록의 끝을 이루고 그것을 넘어 삶과 죽음을 초월하겠다는 새로운 목표가 생겼다.

"고맙습니다."

도진이 자리에서 일어나 무생에게 말했다.

"나는 그다지 한 일이 없다. 네 정성이 잠시간의 시간을 만든 듯하군."

"역시 형님께서는 말도 멋지게 하십니다. 고금제일인은 아무나 되는 것이 아니군요."

녹왕이 호들갑을 떨며 무생의 말에 대답했다. 도진은 살짝 웃다가 끊어진 철관의 사슬을 손에 쥐었다. 그리고 아직 일렁이고 있는 황금빛 가루의 앞에 가져다 놓았다.

"그래, 도진 아우. 그녀가 뭐라 하던가."

"형님과 같은 생각이라더군요."

"하하하하! 그것 참 잘되었군."

무생은 어깨동무를 하는 그들을 보며 웃었다. 도진은 더 이상 슬픈 눈빛을 하지 않았다.

"그럼 여자를 꼬시러 가볼 텐가?"

"좋은 생각인 것은 같은데 형수님들께 죄송하지 않습니까?"

"뭐, 영웅호색! 다다익선이라 하지 않았는가!"

무생은 우렁차게 말하는 녹왕을 바라보았다. 녹왕이 무생과 눈을 마주치자 큰 웃음을 지으며 입을 열었다.

"형님께서는 가만히 계시기만 하십시오! 내 형님 덕 좀 봅시다."

무생은 대답하지 않고 천천히 옆으로 비켰다. 그러자 녹왕의 안색이 굳어졌다. 황금빛 기류를 보고 달려온 녹왕의 두 연인이 무생의 뒤에 있었기 때문이다.

"부, 부인들. 으, 으흠. 이건 별 뜻 없었소. 새롭게 시작하라는 의미에서 도진 아우에게 짝을 찾아주려 한 것이었소,"

식은땀을 삘삘 흘리며 그렇게 말하는 녹왕에게서 녹림의 우두머리 같은 기세는 더 이상 찾아볼 수 없었다.

'실질적인 녹림의 주인은 저 두 여인일지도.'

무생은 진심으로 그렇게 생각했다. 거대한 체구의 녹왕을 저리도 꼼짝하지 못하게 만든 것을 보면 의외로 굉장한 무공을 지니고 있을지도 몰랐다.

"작은 형님은 소문으로 듣던 것과는 조금 다르군요."

"보기 좋으니 괜찮지 않느냐."

"맞습니다. 큰 형님께서는 소문처럼 영웅이시군요."

무생은 고개를 저었다. 다 쓸모없는 말들일 뿐이었다. 하지만 도진이 그런 말을 해주니 기분은 나쁘지 않았다. 무생은 천천히 등을 돌렸다.

"한잔하고 싶군."

"오오, 걱정 마십시오! 녹림은 늘 술판이니!"

두 부인에게서 신법을 쓰며 빠져나온 녹왕이 그리 말하다 두고 보자는 부인들의 눈빛에 찔끔했다. 그 모습을 본 무생은 작게 소리 내어 웃었다.

"술을 담가주도록 하지. 부인들을 위로해 줘라."

"과, 과연 형님! 배포 역시 고금제일인이십니다!"

녹왕이 산이 떠나가라 웃자 도진은 고개를 설레 저으며 천천히 걷는 무생의 뒤를 따랐다.

第七章

산적과 강도

녹림은 그 근본이 산적이기는 하지만 그럭저럭 괜찮은 단체라 무생은 생각했다. 녹림의 일원들은 매번 산을 타며 노상강도나 기타 산적들을 토벌하며 산의 질서를 확립했다. 통행료도 과하지 않고 감당할 수 있을 정도만 받았다. 상인들 입장에서는 성가신 존재일 테지만 알고 보면 산에서 상인들을 지켜주는 단체는 녹림밖에 없었다.

녹림은 산에서만큼은 개방과 하오문보다 정보 전달력이 뛰어났는데 그것이 녹림의 방대함을 알려주었다. 도인들이 산으로 들어간다고는 하지만 녹림만큼 산을 잘 아는 이들은 없을 것이다.

무생은 마교로 가기 전에 녹림에 잠시 머무르고 있었다. 그가 하는 일은 간단했다. 산채를 돌아보며 마음에 안 드는 것은 부수고 새롭게 보수하는 일이었다. 애초부터 작업 속도가 신의 경지에 다다르니 이틀이 지났을 때는 산채가 완전히 새로워져 있었다.

"형님 덕분에 산채가 황궁 부럽지 않게 되었습니다."

"소일거리다."

"하하하, 이 근처에 엄청난 기문진을 설치한 것도 소일거리입니까?"

"습기가 많더군. 거슬렸다."

무생은 산채 근처에 기문진을 설치했는데 생활하기 딱 좋은 환경을 조성해 주는 뇌노 전용 기문진이었다. 덕분에 산채에서 운기조식을 하면 내공이 더욱 많이 쌓일뿐더러 정순한 내공을 쌓을 수 있게 되었다.

무생은 모르지만 이것으로 녹림이 더 발전할 수 있는 계기가 마련된 것이었다. 아니, 애초부터 고금제일인 염마지존을 형님으로 모신다는 것 자체가 구파일방을 넘어서는 계기가 될 것이다.

"평온하군."

진대정은 오늘도 평화로운 산채를 보며 그렇게 말했다.

무생은 무언가를 늘 하고 있었고 도진은 묵묵히 그 뒤에서 무생을 도왔다.

무생이 막 자리에서 일어날 때였다.

"여, 염마지존이시여! 큰일 났습니다!"

녹두가 헐레벌떡 뛰어오며 무생의 앞에서 숨을 헐떡였다. 멀리서부터 경공술로 쉴 새 없이 달려온 것으로 보였다. 녹두는 무생의 정체를 알고 난 뒤 녹왕에게 하는 것보다 더 지극정성으로 대했다.

"무슨 일이지?"

"그, 그게 적두방이 이 산맥을 지나 매, 맹림상단의 뒤를 쫓고 있다고 합니다."

녹두는 무생이 맹림상단을 제법 아낀다고 생각했다. 산에서 들리는 소문은 먼저 녹두의 귀에 들어갔고 적두방의 목표가 맹림상단이라는 소리에 지체 없이 뛰어 온 것이다.

그것을 듣고 있던 진대정은 의아함을 머금을 수밖에 없었다. 맹림상단은 한 방파가 나설 정도로 규모가 크지 않았다. 녹두가 쉽게 접수할 수 있을 정도였으니 말이다.

"혈소옥을 노리고 있다고 하는데……."

녹두의 말에 진대정은 기가 찰 노릇이었다.

"미친 적두방 놈들. 매번 그렇지만 정보가 느려 헛짓거리만 골라 하는군."

이런 일이 한두 번이 아닌 듯 진대정은 인상을 구기며 무생의 표정을 살폈다.

"형님, 적두방 놈들은 약탈꾼으로 유명합니다. 그 근본은 사파지만 사파 연합에서도 안 받아줄 만큼 악질이지요. 아마 뒤늦게 혈소옥 소식을 알아내어 맹림상단을 노리는 것 같습니다."

무생은 천천히 고개를 끄덕였다. 진대정은 마치 자기 일처럼 분개하고 있었다. 맹림상단을 노렸던 도진은 불편한 마음이 되었다. 도진 역시 적두방을 잘 알고 있었다. 상당히 악질적인 자들이라 조금 부딪힌 적이 있었다.

무생이 손을 뻗자 산채 앞에 놓여 있던 죽립이 손으로 빨려들어 왔다. 맹림상단과 자신의 연은 끊어진 것으로 봐야 했다. 삼급 표사를 그만둔 이상 어떠한 접점도 없었고 도와줄 이유도 없었다. 그렇게 생각하다가 무생은 피식하고 웃음을 흘렸다.

"그러고 보니 봉급을 받지 못했군."

무생은 떠나기 전에 봉급을 받지 못했다. 봉급을 받으러 가야 했다. 무생이 그렇게 말하자 진대정은 웃음을 그렸다.

"형님께서 봉급을 안 받으셨는데 우리가 가만히 있을 수 없지요. 형님, 어떻게 하실 겁니까?"

"산에 산적은 하나면 족해. 가는 김에 청소를 해야겠군."

"하하하하! 역시 형님이십니다! 그럼 어서 가시지요! 녹두야! 안내하거라! 녹림의 영웅들은 나를 따르라!"

진대정이 그렇게 말하자 팔자 좋게 늘어져 있던 녹림의 모두가 눈을 빛내더니 흉흉한 기세를 일으키며 자리에서 일어났다. 그 모습을 보고 도진 역시 준비하기 시작했다. 맹림상단에게 진 빚을 갚을 기회라 여겼기 때문이다.

"조우 시점은 조금 걸릴 것 같으니 지금부터 서두르면 괜찮을 것입니다. 다행히 이 근방이라……."

녹두가 그렇게 자신했다. 진대정은 간만에 나서는 길에 흥분하고 있었다. 무생을 핑계로 두 부인의 손아귀에서 벗어나 밖으로 나갈 수 있게 되니 절로 콧노래가 흘러나왔다.

"산적질을 해보겠군."

무생이 그렇게 말하자 도진은 살짝 웃음을 흘렸다. 고금제일인으로서 영웅으로 추앙받는 염마지존이 산적질이라는 단어를 입에 담자 웃음이 나온 것이다.

무생이 등을 돌리자 진대정, 그리고 도진을 필두로 녹림 정예가 그 뒤를 따랐다.

*　　*　　*

맹림상단의 백하린은 선두에 서서 맹림상단의 상행을 이

끌었다. 정의천과의 연을 잇는 것에는 실패했지만 그래도 나머지 상행은 무사히 마쳤으니 그것이 그나마 위로가 되었다.

"잠시 쉬었다 간다."

백하린이 그렇게 말하자 상단의 모두가 멈추어 섰다. 긴 상행으로 지쳐 있었지만 조금만 더 가면 끝이 나니 모두의 얼굴에는 생기가 있었다.

'녹림이 그냥 넘어간 것이 이상하기는 하지만…….'

식은땀을 흘리며 빠르게 사라진 산적들에게서 제법 기묘한 느낌을 받은 백하린이었다.

백하린은 긴 숨을 내쉬었다.

'이번 상행이 끝나면 좀 쉬어야겠어.'

몸도 마음도 힘들었다. 삼급 표사였던 사내가 자꾸 생각나 그녀를 뒤흔들었다.

그렇게 짧은 휴식을 끝내고 출발하려 막 일어설 때였다.

"아가씨!"

일구가 뛰어왔다. 묵묵히 상행의 뒤를 맡던 일구였는데 그의 안색은 딱딱하게 굳어 있었다.

"빨리 피하셔야 합니다. 적두방 놈들이 곧……!"

휘이익!

어디선가 날아온 암기가 일구의 어깨에 박혀 들어갔다.

"큭!"

일구의 몸이 그대로 공중에서 몇 바퀴 돌더니 쓰러졌다. 그는 재빨리 암기를 뽑고 내기를 이용해 독을 몰아냈다.

"습격에 대비해!"

백하린이 그렇게 외치자 상단의 모두가 빠르게 주변을 경계했다. 순간 백하린의 눈이 크게 떠졌다. 모습을 드러낸 자들이 눈에 들어왔기 때문이었다.

자랑스럽게 적색 영웅건을 걸치고 있는 자들이었다. 영웅건을 걸치고는 있지만 결코 정도를 걷는 자로는 보이지 않았다.

"적두방……!"

이 근방에서 악랄하기로 이름 높은 방파였다. 노상강도나 다름없어 사파 연합에서도 떨어져 나와 근근이 약탈질로 먹고 살고 있었다. 그럼에도 손을 쓸 수 없는 것은, 이곳은 백도무림의 영향이 잘 미치지 않는 곳이었고 사파 연합에서도 굳이 건드릴 필요가 없었기 때문이었다. 특히 적두라 불리는 적두방의 방주는 화경에 들지는 않았지만 근방에 소문난 고수였다.

"으하하하! 운이 좋군! 혈교의 보물을 얻을 뿐만 아니라 저 계집까지 가질 수 있으니 말이야."

머리카락이 붉은 자가 그렇게 말했다. 바로 적두방의 방주였다. 하나의 방파로 보기에는 잡졸이 많고 체계가 잘 갖춰지지 않았다. 그래도 적두방주의 휘하에는 그럭저럭 일류 고수가 여럿 있었고 각지에서 몰려온 강도들이 머릿수를 채웠다.

중소규모의 맹림상단이 감당할 수 있는 수준이 결코 아니었다.

"흐흐, 미색이 제법이라는 말을 들었지만 이 정도인 줄 몰랐군. 사내처럼 입고 있어도 나쁘지 않아."

"……적두방이 어째서 맹림상단을 위협하는 것인가."

백하린이 묻자 적두방주는 팔짱을 끼며 그녀의 몸을 훑었다. 표사와 호위무사들이 적두방의 강도들과 대치하는 형세를 취했다.

"혈소옥을 네년이 가지고 있다는 정보를 얻었다."

안타까운 점은 적두방은 늘 소식에 느렸다. 많은 약탈을 했지만 제대로 한 적은 손꼽힐 정도였다. 약탈보다는 살인에 익숙하다는 말이 옳았다.

"철관사귀가 가지고 갔다. 우리에게는 없어."

"앙칼진 년이군. 걱정하지 말거라. 지금부터 천천히 찾아낼 테니 말이야. 흐흐흐!"

적두방주의 모습은 심히 혐오스러웠다. 해골처럼 빼빼 말랐지만 배만은 불뚝하게 튀어나와 있었다. 사공을 익힌 부작용이었다. 머리카락은 기이하게 붉었고 피부 역시 적황색이었다. 그는 혈교에 심취해 있었는데 스스로 혈교의 대리자임을 자처했다.

백도무림의 눈치가 보여 혈마인이 등장했을 때 숨어 있었기는 하나 사태가 진정된 지금 혈교의 잔재들을 모으는데 온 힘을 다하고 있는 것이다.

그가 익힌 사공과 혈마기는 무척이나 잘 어울릴 듯싶었다.

'숫자가 너무 많아. 게다가…….'

백하린은 절망감이 들었다. 맹림상단 같은 규모의 상단에게는 적두방이 저승사자나 마찬가지였다. 이 지역에서 상단이 규모를 키울 수 없는 것에 적두방이 한몫하고 있었다. 녹림을 피해 산길에는 나타나지 않았고 산 이외의 곳에서 자주 출몰했다.

좋게 말하면 사파의 떨거지, 나쁘게 말하면 그저 노상강도 집단이었다.

"으흐흐, 시작해 볼까?"

유난히 긴 손가락을 꼼지락거리는 적두방주가 백하린을 바라보며 입술을 핥았다. 그가 기세를 일으키자 표사들이 주춤거렸다. 절정고수의 기세는 일개 표사들이 감당할 수 있는 수준이 아니었다. 일구 같은 자들이 일급 표사라 불리기는 하나 무력 수위는 이류 무사에 가까울 것이다. 낭인으로서 맨몸으로 익힌 무공은 그 정도가 한계였다.

적두방의 강도들 역시 흉악한 웃음을 내뱉으며 무기를 쥐었다. 백하린은 그 모습에 상단의 최후를 예감했다.

'여기서 이렇게 죽는 건가.'

그냥 죽는다면 다행이었다. 죽음보다 수치스러운 일을 당하며 죽어갈 것이 분명했다. 적두방주는 그러한 자였으니 말이다.

"여자는 내 것이니 다른 놈들을 죽이도록."

그렇게 명령한 적두방주가 맹하린에게 신법을 전개하려 할 때였다.

"으하하하하하!"

"으하하하!"

주변에서 우렁찬 소리가 들려왔다. 살행을 하려던 적두방의 모두가 그 웃음소리에 멈춰 설 수밖에 없었다. 적두방주는 뒤로 물러나며 주위를 훑어보았다. 그러자 천천히 모습을 드러내는 자들이 있었다.

"노, 녹림?"

산적과 강도가 조우한 것이다.

* * *

무생은 제법 속도를 내며 적두방의 기척을 쫓았다. 무적수라보를 펼치지 않고 천마군림보를 이용해 빠르게 나아가자 도진과 진대정의 얼굴이 기이하게 변했다. 적두방이 산에서 벗어나 맹림상단과 조우하는 순간 무생이 제일 먼저 도착했고 진대정과 도진 그리고 녹림 정예들이 뒤를 이었다.

무생이 가만히 서서 적두방주를 바라보자 진대정이 녹두에게 손짓했다. 녹두는 산적질의 시작을 알렸다. 적두방주는 그를 보며 얼굴을 일그러뜨렸다.

"녹림이 어째서 본 적두방의 행사를 방해하는 것이오?"

"으하하하! 네놈들을 털기 위해서지!"

"하, 하하. 겨우 녹림에서 밥 좀 먹고 다닌다고 본 방주를 이길 수 있을 것 같은가?"

녹두는 적두방주에 비해 두 수 이상 아래였다. 하지만 녹두는 너무나 여유로웠다. 자신의 등 뒤에는 녹왕뿐만 아니라 고금제일인 염마지존까지 있었기 때문이다.

"죽고 싶어 환장했나 보군."

적두방주가 녹두를 노려보며 내기를 일으킬 때였다. 녹두의 앞으로 걸어온 자가 있었다. 적두방주는 그자의 얼굴을 보며 신음성을 흘렸다.

"철관사귀가 언제부터 산적 편을 든 것이지?"

"얼마 되지 않았다."

철관사귀는 수준급의 고수로 자신이 한 수 접어줘야 하는 상대였다. 철관사귀가 나선다면 이야기가 달라졌다.

"맹림상단에 원하는 것이 있는 것인가?"

"그렇다."

"그럼 협상을 하도록 하지. 내 친히 그대가 원하는 것을 넘겨주도록 하지. 대신 저 계집만은 양보해라."

적두방주는 철관사귀가 혈소옥을 노리고 있다고 착각했다. 아쉽기는 하지만 물러날 때라 생각했다. 저 계집을 손에 넣고 주무른다면 조금 아쉬움이 남겠지만 만족할 수 있다고 생각했다.

백하린은 녹두와 철관사귀의 얼굴을 보며 더 이상 아무것도 생각할 수 없었다. 무슨 날이라도 되는지 이런 거물급들이 자꾸 출몰한단 말인가. 그녀가 서러움에 물들 때 그런 생각을 날려 버리는 인물이 등장했다.

"빨간 애송이가 말이 많구나."

"허억!"

적두방주는 목소리의 주인을 알아보자 크게 놀라며 뒤로 주춤거렸다. 눈앞에서 무시무시한 기세를 뿌려대는 자는 이 업계 종사자라면 누구나 알아볼 수밖에 없었다.

"노, 녹왕!"

"허, 눈치는 제법 있군."

"녹왕께서 어, 어찌……."

적두방주의 목소리가 기어 들어갔다. 철관사귀가 녹왕에게 깍듯이 하는 것으로 보아 그의 밑으로 들어간 것이 틀림없었다.

"하, 하하! 노, 녹왕께서도 혈소옥에 볼일이 있으신가 봅니다."

"그딴 돌멩이, 관심 없다."

"그, 그럼 대체……."

녹왕은 특유의 여유로운 몸짓으로 손가락을 펴 백하린을 포함한 맹림상단을 가르쳤다. 백하린은 녹왕의 등장에 말 그대로 혼란에 빠졌다가 자신들을 지목하자 정신이 나갈 지경이었다.

"사, 상단을 원하시는 거라면 저희는 빠지겠습니다."

적두방주가 그렇게 말하자 녹왕은 고개를 저었다.

"형님께서 맹림상단에 받을 것이 있어 일단 너희 같은 잡졸들을 쓸어버리고 받아갈 생각이다."

"혀, 형님이라 하시면……."

녹왕이 옆으로 비켜서자 천천히 누군가 걸어 나왔다. 허름한 죽립에 어디에서나 있을 법한 철검을 찬 낭인이었다.

낭인이 녹왕 앞에 서더니 백하린을 바라보았다.

"봉급 받는 것을 잊었다."

"무, 무 표사?"

녹왕이 형님으로 모시는 인물이라면 엄청난 자라고 생각했지만 별것 아닌 낭인으로 보였다. 적두방주는 어이가 없어 눈을 깜빡였다.

백하린 역시 정신이 멍해진 채 하염없이 무생을 바라만 보고 있었다.

"대정, 견적은 나오나?"

"기껏해야 두당 은자 두 냥 정도 될 것 같습니다. 애들 꼴이 말이 아니군요."

무생은 고개를 끄덕이고 적두방주를 바라보았다. 적두방주가 식은땀을 흘리며 뒤를 힐끔 바라보았다. 그러자 강도들이 뒤로 슬금슬금 물러나기 시작했다.

적두방주가 신법을 전개하려 했지만 무생의 검이 훨씬 빨랐다.

콰가가가가가!

가볍게 휘둘렀지만 결과는 절대 가벼운 것이 아니었다.

"허, 허어억!"

적두방주의 바로 옆 땅이 크게 갈라져 있고 더 나아가 바위가 깔끔하게 두 갈래로 베어졌다. 뿐만 아니라 근처에 있던 강도들이 모조리 양옆으로 튕겨져 나갔다.

적두방주는 무생의 한 수를 보고 두려움이 일었다. 적두방주는 살 방도를 찾기 위해 눈을 굴렸다.

"무 표사……."

그러다 눈에 띈 것은 백하린이었다. 백하린이 눈앞에 있는 무시무시한 사내와 아는 사이인 것을 알아챘다. 감동으로 일렁여 눈물까지 맺혀 있는 백하린의 모습은 흡사 낭군을 맞이하는 여인의 모습과 같았다.

'그래! 살 수 있다!'

적두방주는 그가 할 수 있는 최대한의 빠르기로 백하린의 뒤를 점했다. 깜짝 놀라며 방어 초식을 전개하려는 백하린을 간신히 제압한 적두방주였다.

"허억, 허억!"

백하린의 경지가 생각보다 높아 제압하는 데 조금 시간이 걸렸을 뿐만 아니라 거친 숨까지 내뱉고 말았다. 그 모습을 모두가 눈을 깜빡이며 보고 있었다.

"뭐하냐?"

진대정이 적두방주를 보며 그렇게 물었다.

"가, 가까이 오지 마! 이, 이 계집의 목숨을 살리고 싶으면 나, 나를 무사히 보내주는 것이 좋을 것이다!"

진대정과 도진은 그 모습을 빤히 바라보다가 소리 내어

웃기 시작했다.

"바보인가."

"그냥 곱게 도망가도 살려줄까 말까인데 명을 재촉하는구만."

그렇게 말한 도진과 진대정은 무생의 눈치를 살폈다. 무생은 백하린이 잡혀있음에도 아무런 표정이 없었다. 백하린 따위는 어찌 되도 상관없다는 듯 여유로웠다.

적두방주는 강도들을 동원에 자신의 주변을 감싸며 뒤로 점차 물러나기 시작했다. 아무리 고수라도 여인의 안위를 지키면서 자신을 죽일 수는 없다고 생각했다.

무생이 조용히 검을 회수하자 적두방주는 안도의 한숨을 내쉬었다. 이제 협상의 여지가 있어 보였기 때문이다.

하나 그것은 착각에 불과했다.

"잘되었군."

무생은 그렇게 말했다. 죽립 사이로 드러난 눈이 적두방주에게로 향했다. 무생과 시선을 마주친 적두방주는 그 순간 자신의 미래를 예감할 수 있었다.

"한 번에 모두 쓸어버릴 수 있게 되었으니."

무생은 지체 없이 무생록 이 단계를 개방했다. 그러자 주위에서 말로는 형용할 수 없이 아름다운 화염이 솟구쳐 나왔다. 그것은 일반적인 화염이 아니었다. 혈마인, 그리고 혈강시를 너무나 손쉽게 박살 낸 염강기였다.

“허억!”

적두방주는 염강기가 모습을 드러내자 너무 놀라 숨이 잠시 멎어버렸다. 그것은 다른 이들도 마찬가지였다. 특히 백하린은 큰 충격을 받아 눈이 쉴 새 없이 떨리고 있었다.

“염강기…….”

백하린이 그렇게 중얼거렸다. 무림에서 염강기를 지닌 자는 단 한 사람밖에 없었다. 압도적인 무공으로 무림맹을 박살 내었고 혈교의 손에서 구했을 뿐만 아니라 반백년 동안 음모를 꾸민 혈교를 박살 낸, 역사상 최고로 강하다고 알려진 남자.

바로 염마지존 무생이었다.

진대정과 도진 역시 무생의 염강기는 처음 보는 것이었다. 그 압도적인 모습에 과연 고금제일인이라는 명성이 거짓이 아니었음을 다시 확인할 수 있었다.

무생록(無生錄) 이식(二式).

사실 무생록 이식까지 개방할 필요는 없었다. 무적수라보와 천무권으로 인식하지 못하는 사이에 쓸어버릴 수도 있었다. 하지만 무생은 여자를 인질로 잡는 모습에서 얼마 전 기억이 떠올랐다.

그것은 심기를 어지럽힌 모용천의 모습이었다. 그런 기억이 무생을 냉정하게 만들었다. 적두방주는 스스로 적두방의 운명을 결정지은 것이다.

"으, 으아아아악!"

적두방주는 두려움에 비명을 질렀다. 도망가려 했지만 결코 그럴 수 없었다.

"모, 몸이!!"

몸이 움직이지 않는 것이다. 마치 거미줄에 묶인 나방처럼 움직일 수 없었다. 적두방주는 그 순간 자신이 무형지기에 묶여 있음을 깨달았다. 다른 강도들 역시 마찬가지였다.

지옥지주.

무형지기가 염강기로 변해 타오르기 시작했다.

"끄, 끄아아악!"

"살려줘!"

강도들은 비명을 지르며 염강기로 인해 먹혀들어 가는 자신의 몸을 바라볼 수밖에 없었다. 염강기는 몸을 끊임없이 타오르게 했고 또 재생시켰다. 그들은 멈출 수 없는 고통의 끝에서 모든 이성을 놓고 말았다.

그 모습에 진대정과 도진, 모두가 식은땀을 흘렸다.

무생이 무심한 눈으로 바라보다 시선을 돌리는 순간 그

들은 먼지조차 남기지 않고 말 그대로 사라져 버렸다.

털썩!

백하린이 다리에 힘이 빠져 그 자리에 주저앉았다. 무생은 천천히 걸어가 백하린의 앞에 섰다.

"얼굴이 말이 아니군. 밥은 먹고 다니나?"

"무 표사!"

와락!

백하린이 무생에게 빠르게 안겼다. 무생은 차마 피하지 못하고 어색하게 두 팔을 공중에 둔 채 백하린을 보았다.

"과연, 형님이시다."

"저것이 바로 내가 가야 할 길인가."

진대정과 도진은 고개를 끄덕이며 진지해졌다.

백하린은 무생의 품에서 눈물을 보였다. 안도와 그리웠던 마음이 섞여 그녀를 생전 처음 남자의 품에서 울게 만들었다.

진대정은 무생을 향해 두 손으로 안는 시늉을 취했다. 그러면서 엄지손가락을 치켜들고는 진하게 웃었다. 무생은 그 모습에 살짝 미소를 내뱉고는 백하린의 어깨에 손을 얹으며 거리를 벌렸다.

"여전히 멍청한 얼굴이군."

"너, 너무해."

무생은 퉁퉁 부은 백하린의 얼굴을 바라보다가 그대로 죽립을 벗어 백하린의 머리에 눌러 씌웠다. 백하린은 죽립을 멍한 표정으로 매만지다가 손가락을 꼼지락거리며 수줍게 웃었다.

"날 구하러 온 거야?"

백하린이 그렇게 묻자 무생은 고개를 저었다.

"봉급 받는 것을 깜빡했다. 네가 오리발 내밀며 주지 않을까 봐……."

무생이 잔뜩 몰려온 녹림의 정예들을 한 차례 가리켰다.

"저들이 따라오더군."

"아……, 은자 한 냥도 안 되는 봉급을 받으려고, 녹왕과 철관사귀, 그리고 저들이 따라왔다고?"

무생은 고개를 끄덕였다. 백하린은 황당함에 물들었다가 무생의 정체가 생각나자 눈을 반짝였다.

"저, 정말 염마지존?"

염마지존의 명성을 모르는 자는 없었다. 눈앞에 있는 사내는 그 명성보다 훨씬 멋있는 자였다. 백하린은 가슴이 세차게 뛰는 것을 감추지 않았다.

"그냥 무생, 무생이다."

"그렇구나. 무생이구나……."

백하린은 무생을 뚫어져라 바라보았다. 무생은 그 시선

에 왠지 불길함을 느꼈다. 처음 느껴보는 종류의 시선이었기 때문이다. 어떤 열망이 담겨 있었다. 다른 여인들이 바라보는 것과 비슷했지만 그 깊이가 달랐다.

"무생, 나랑 결혼하자."

백하린의 말에 잠시 침묵이 자리 잡았다. 무생의 얼굴이 황당함으로 물들었다. 어이가 없어 웃음이 절로 나왔다.

"과연, 대단하시군."

"음, 좋은 공부가 되었습니다."

진대정과 도진은 그저 감탄하며 고개를 끄덕일 뿐이었다.

*　　*　　*

적두방이 한 번에 정리된 후 백하린은 무생의 뒤를 졸졸 따라다녔다. 무생이 노골적으로 귀찮음을 표했지만 그녀는 그런 것 따위 애초부터 신경 쓰지 않았다. 주변 표사들은 백하린을 응원하는 눈치였다. 그도 그럴 것이 무생과 연을 트게 되면 맹림상단은 금호상단이 그랬던 것처럼 날아오를 수 있었기 때문이다.

금호상단, 지금은 무금성 휘하 상단이었는데 가히 중원 제일의 상단이라 칭할 만했다. 정의천, 무생신교의 상권을 독점했고 구파일방도 요즘 무금성과 친분을 다지기 위해 주로 금호상단을 이용했다. 만복금은 스스로 모든 것을 다 맡지 않고 소규모 상단에 하청을 넣는 식으로 신망과 명예를 쌓고 있는 것이었다.

무생이 무공으로 고금제일인이라면 만복금은 재력으로 고금제일인이 되어가는 중이었다.

아무튼 무생은 졸졸 따라다니는 백하린이 무척이나 귀찮았다. 결혼이라는 것은 애초부터 생각도 안 하고 있었고 사랑이라는 것은 그의 삶과 매우 동떨어져 있었다. 무수한 세월을 살았고 앞으로도 그렇기에 모두 스쳐 지나가는 인연일 뿐이었다.

"귀찮군."

무적수라보까지 일으켜 간신히 그녀를 떼어낸 무생이 그렇게 말했다. 다가온 진대정과 도진이 웃음을 내뱉었다.

"그 위대한 염마지존께 저렇게 하는 여인은 백하린밖에 없을 겁니다."

진대정이 장난 섞인 목소리로 말하자 무생은 손을 휘저었다. 백하린은 자신의 마음에 든다면 그 대상이 대천지주라도 적극적으로 구애할 것으로 보였다.

"그나저나 너는 안 돌아가나?"

무생이 진대정에게 묻자 그는 진정으로 행복하다는 표정

을 지었다.

"기왕 나온 거 자유를 느끼려 합니다."

"자유?"

"후후, 이 진대정의 매력을 만천하에 알려야 하지 않겠습니까? 더군다나 도진 아우의 짝도 찾아줘야 하고 말이지요."

무생은 진대정이 내뱉는 소리에 고개를 설레 저었다. 진대정의 두 아내가 진대정이 내뱉는 소리를 들었다면 그는 그날 결코 살아남지 못했을 것이다.

그는 진정으로 산채로 돌아갈 마음이 없는 듯했다. 도진 역시 가연의 유언대로 좋은 여자를 만나서 행복해지려고 노력해야 하지만 지금으로썬 정해진 뚜렷한 목표가 없었다.

"무생!!"

"음……."

무생은 저 멀리서 신법을 전개하며 달려오는 백하린의 모습이 보이자 살짝 신음성을 흘렸다.

"일단 이곳에서 벗어나도록 하지."

무생이 사라지자 진대정과 도진이 그 뒤를 따랐다. 무생은 말할 것도 없었고 현경과 화경의 고수가 펼치는 신법을 백하린이 따라잡기엔 무리였다.

백하린은 무생이 사라지는 것을 보았지만 슬픈 기색을 띠지 않았다.

"저, 아가씨……, 이제 그만 돌아가야……."

"십만대산으로 간다 했었지."

백하린은 무생에게 언뜻 들었던 말을 기억해 냈다.

"돌아갈 채비를 해라."

백하린은 평소의 모습으로 돌아와 상단의 인원들에게 지시했다. 그리곤 살짝 고개를 돌려 무생이 사라져 간 방향을 바라보았다.

'뒤따라갈 거야.'

그녀는 포기를 모르는 여자였다. 무공을 익힐 때보다 더 한 열망이 그녀의 마음속에서 치솟아 오르고 있었다.

第八章

절대무적 삼마신

진대정은 녹두에게 뒷일을 맡기고 무생을 따라왔다. 도진 역시 뒤를 따랐다.

"형님! 진정한 자유를 느껴야 하지 않겠습니까? 하하하!"

"전 큰 형님께 갚아야 할 은자 오십 냥이 있습니다."

진대정은 아예 작정을 하고 나왔는지 자금을 충분하다 못해 넘치도록 가지고 왔고 도진 역시 그간 벌어놓은 돈이 꽤나 많았다. 그들은 무생의 지갑을 자청했다.

"그럼 형님께서는 어디로 가시는 것입니까?"

"마교."

"음, 마교라……."

진대정은 무생이 마교로 간다는 소리에 별로 놀라지 않았다. 마교를 가볍게 생각하는 것은 결코 아니었지만 무생 앞에서는 구파일방도 가벼워지는 마당이었다.

"친우의 부탁으로 마교를 좀 돌아볼 생각이다. 마음에 들지 않으면 고쳐야겠지."

"마교를 그런 식으로 대하는 분은 큰 형님뿐일 겁니다."

무생의 아무렇지도 않은 말에 도진이 미소를 지었다.

"근데 형님, 친우라 하시면?"

"천마지존이라 하더군."

"하, 하하하."

진대정은 더 놀랄 것도 없었다. 무생이 실전된 천마군림보를 펼치는 것을 보았으니 말이다. 진대정은 그 친우가 은거한 천마지존이었고 마교가 걱정스러워 무생에게 마교를 맡긴 것이라 생각했다.

'음, 형님은 마교를 접수하실 생각이시군.'

진대정은 그렇게 생각했다. 그리고는 고개를 끄덕이며 도진과 눈을 맞추었다. 도진 역시 같은 생각이었는지 고개를 끄덕일 뿐이었다.

"일단 마교를 관찰하실 생각이십니까?"

"그래야겠지. 어떤 곳인지 알아야 하니까."

"음, 그렇다면 정체를 숨겨야겠군요."

도진은 제법 상황을 직시할 줄 알았다. 진대정 역시 같은 생각이었다.

"흐흐, 마교의 마옥녀가 이끄는 선녀단의 미색은 어마어마하다고 합니다. 잘하면 볼 수 있겠군요."

"선녀단이라……, 마교 치고는 제법 화려한 이름이군요."

진대정과 도진이 그렇게 말했다. 진대정은 의욕이 솟구치는지 내공까지 일으키며 웃음을 내뱉었다.

"그럼 일단 마교에 입교하는 것이 어떻겠습니까? 밑바닥부터 차근차근 살펴보는 것이 좋겠군요. 으흐흐, 간 김에 공략 대상도 물색하고 말입니다."

"듣고 보니 마교의 교주에게도 딸이 있다는데……."

진대정이 웃음을 흘리며 말했고 도진이 진지한 표정으로 말했다. 그러다 둘은 눈이 마주치며 각자의 손바닥을 쳤다. 무언가 깨달은 눈치였다.

"그렇군! 마화라 불린다지? 그 여자를 손에 넣는다면……."

진대정은 무생을 힐끔 바라보았다. 별 관심 없어 하는 무생을 뒤로하고 천천히 마교 접수 계획을 세우고 있었다. 반쯤은 장난이었지만 진대정은 무척이나 흥이 난 기분이 되었다.

그 누가 마교로 놀러 간단 말인가. 현경을 이룬 그도 하지 못할 시도였는데 무생이 곁에 있으니 가볍게 놀러 가도 괜찮다는 생각이 들었다.

"형님, 그럼 우리 별호부터 정해야 합니다."

"별호?"

"정체를 숨기려면 그럴싸한 별호가 있어야지요."

무생은 진대정의 말이 잘 이해가 되지 않았지만 그냥 그러려니 하며 넘겼다. 도진 역시 철관사귀라는 별호를 떼어내고 싶던 차였기에 진대정에 말에 솔깃한 표정을 지었다.

"좀 험악하고 사파 놈 같은 것이 좋을 것 같은데……, 음, 그래! 삼마살성 어떻습니까?"

"작은 형님……, 정상적인 별호는 안 됩니까? 무적삼협이라든지……."

"너무 백도무림 놈들 같아서 무시당할 수도 있다."

진지하게 고민에 빠져 있는 그들을 바라보며 무생은 조용히 생각했다. 그러고 보니 스스로 별호 같은 것을 지은 적이 없었다. 다 주위 사람들이 지어준 것이었다.

"절대무적 삼마신이 좋겠군."

"네?"

"예?"

무생의 말에 진대정과 도진이 두 눈을 깜빡였다. 굉장히 유치한 별호였다.

"저기 형님?"

"큰 형님……."

무생은 자신이 지은 별호가 무척이나 마음에 든 것 같았다. 작게 미소까지 짓고 있으니 말이다.

"잘 지었군."

무생의 그런 목소리가 들려오자 진대정과 도진은 체념할 수밖에 없었다. 절대무적 삼마신이라는 별호를 곱씹다 보니 왠지 그렇게 나쁘지는 않은 것 같았다.

"으하하! 절대무적 삼마신께서 마교의 여자들을 접수하러 간다!"

"재미있겠군요."

진대정과 도진이 그렇게 외쳤다. 그리 오랜 시간을 같이 지내지는 않았지만 무생은 이들이 제법 친숙하게 느껴졌다.

"아! 형님! 저희가 제일 먼저 할 일이 있습니다."

"뭔가."

"음, 옷을 맞추는 겁니다."

진대정의 말에 도진은 깨달음을 얻었다는 표정을 지었다.

"굉장히 멋진 무복이 필요하지 않겠습니까?"

"……일단 가도록 하지."

무생은 도진의 말에 대답하지 않고 앞서가기 시작했다. 유난히 시끄럽게 떠드는 진대정의 모습이 그리 싫지 않았다.

* * *

십만대산으로 가는 길은 평탄했다. 그도 그럴 것이 그들은 고금제일인인 염마지존 무생과 녹림을 전성기로 이끌고 현경에 든 진대정, 철관사귀로 악명 높은 화경의 고수 도진이었다. 평탄하지 않을 수 없었다.

무생은 일단 마교로 들어가 어떤 곳인지 살펴보기로 했다. 들어간 김에 마교의 무공을 살펴보고 무생록을 조금 더 고찰하고 싶었다. 물론 주목적은 광노가 부탁한 대로 마교가 쓸 만한지 판단한 후 그렇지 않다면 그럭저럭 쓸 만하게 만드는 것이었다.

마교는 요즘 백도무림에 크게 밀리는 추세라 명성이 있는 무인들을 뽑아 입교시켰는데 얼마 뒤 무도 대회를 통해 마교 내부의 직급을 준다는 말이 은연중에 퍼져 나왔다. 무도 대회에 참가하기 위해서는 별호를 알릴 필요성을 느꼈다.

“으하하하! 정파의 애송이들아! 우리가 바로!”

“절대무적 삼마신이다!”

그래서 지나가는 정파인들에게 시비를 건 뒤 실컷 두드려 주었다. 지금처럼 말이다. 무생은 주로 뒤에서 지켜봤는데 그 방식이 나름 괜찮다고 생각했다. 진대정은 녹림의 지배자답게 착실히 정파인을 약탈했고 도진은 철관사귀의 명성답게 분위기 조성이 수준급이었다.

“형님, 이 나약한 정파 놈들을 어떻게 처리할까요?”

진대정이 부들부들 떨고 있는 정파의 애송이를 바라보며 그렇게 말했다. 그러자 도진이 입술을 핥으며 기이하게 휜 곡도를 손에 쥐었다.

“그냥 전처럼 아주 천천히 고통스럽게 썰어버리는 것이 어떻겠습니까?”

“히, 히이이익!”

“이, 이 사파의 악적들! 저, 정의천이 가만히 놔둘 것 같은가!”

도진은 무표정한 얼굴로 곡도를 정파인의 목에 가져다 대었다.

“너희를 구해줄 정의천 놈들은 지금 이 자리에 없다. 단지 고통만 있을 뿐이지. 큭큭큭.”

이쯤 되면 철관사귀였던 시절보다 더 악랄해 보이는 감이 있었다. 뒤에서 지켜보던 무생이 살짝 손을 들었다.

"오늘은 기분이 좋으니 놔두도록 하지."

무생이 그렇게 말하자 도진은 아쉽다는 듯 곡도를 정파인의 목에서 떼었다. 그러자 정파인은 힘이 풀려 그 자리에 주저앉았다.

"절대무적 삼마신의 큰 형님이신 절대마존께서 자비를 베푼다고 하시니 운 좋은 줄 알거라."

"공덕을 많이 쌓았나 보군."

진대정과 도진이 그렇게 말하며 물러나자 정파인은 망연자실한 표정이 되었다. 절대무적 삼마신들이 절정의 신법을 선보이며 사라졌다. 정파인들은 수치심과 모멸감에 부들부들 떨 뿐이었다.

"으하하! 오늘도 한 건 했군!"

진대정은 기분이 좋은지 인피면구를 벗으며 웃었다.

"도진 아우, 날이 갈수록 연기가 느는군. 제법이었어."

"과찬이십니다."

절대무적 삼마신의 악명은 이 근방에 점차 퍼지기 시작했다. 자신의 마음에 안 들면 잔인하게 죽인다는 그런 소문은 진대정과 도진이 정파인들 앞에서 멋대로 떠들어 댄 결과였다. 하지만 그 효과는 확실해 사파 연합이나 마교 쪽에서 움직임이 있었다. 그들은 백도무림에게 위압감을 줄 악명 높은 무인들을 찾고 있었기 때문이다. 스스로 절대무적 삼마신이라고 말하고 다니기는 하지만 세간에서는 철혈삼괴라 부르고 있었다. 철혈삼괴라 부를 경우 무생이 직접 전신을 두드려 주었다. 물론 당하는 상대는 그 과정이 괴롭고 죽을 만큼 아프지만 내공이 조금 증진되니 오히려 더 좋은 편이긴 했다.

"오늘도 수입이 좋군."

진대정은 은자 꾸러미를 들고는 만족한 눈치였다. 그는 명문 정파인들은 돈을 쌓아놓고 사는 편이라 이렇게 약탈해 주는 편이 오히려 나라에 도움이 된다는 생각을 가지고 있었다. 스스로 돈을 옳은 곳에 사용하면 본인도 좋고 상인들이 살아나며 못 먹는 자가 먹게 되니 이보다 더 좋은 것이 어디에 있겠는가.

"형님, 마교 쪽에서 적극적으로 나오게 하려면 아무래도 큰 거 한 방이 필요한 것 같습니다."

마교에서 움직임이 있기는 했지만 접촉해 오지는 않았다. 마교의 관심을 끌기 위해서는 자잘한 것보다 확실히 이름을 알릴 일이 필요했다. 물론 염마지존, 녹왕, 그리고 철관사귀인 것을 알려서는 안 되었다.

들킬 염려는 없었다.

본신 무공을 쓰면 안 되었기에 무생이 머릿속에 있는 몇 가지를 꺼내 알려주었는데 그것이 녹왕과 도진에게 기가 막히게 어울려 벌써 어느 정도 성과가 있을 지경이었다. 대성한다면 오히려 본신을 뛰어넘는 결과가 예상되었다.

"한 방이라……."

무생도 흥미가 있기는 했다. 나름 재미도 있었고 무언가 얻는 성취감도 있었다. 그리고 딱히 할 일도 없으니 시간 때우기로 적당했다.

"백도무림 놈들은 자기네가 잔뜩 쫄아서 얻어맞은 것을 잘 말하고 다니지 않으니 오히려 사파나 마교 휘하 세력 쪽을 한번 들쑤셔 보는 것이 어떻습니까?"

도진의 말에 진대정이 먼저 고개를 끄덕였다. 그럴 듯했기 때문이다.

"역시 도진 아우는 똑똑하군. 절대무적 삼마신의 책사다워."

"과찬이십니다."

도진이 주로 계획하고 진대정이 무작정 밀어붙인 것에 무생이 더 큰 불을 지르곤 했다. 그러다 보니 결과는 예상보다 늘 대단했고 예측대로 되지 않아 셋은 재미가 들려 버렸다.

"그리고 보니 이 근방에 사파 쪽 집단이 꽤나 몰려 있기는 하지."

"십만대산과 가깝기도 하고 마교 쪽과 사파 연합은 사이가 그리 나쁘지 않으니 말이지요."

최근 백도무림의 세력이 너무나도 커진 덕분에 마교와 사파 연합은 그들을 견제하기 위해 자연스레 사이가 좋아질 수밖에 없었다. 백도무림의 기세에 밀린 사파들은 십만대산 근방으로 몰리는 추세였다.

만약 무생신교가 중립을 지켜 모두를 포용하지 않았다면 백도무림 쪽에서 먼저 칼을 빼어 들었을 수도 있었다.

"뭐, 제법 악랄한 놈들을 탈탈 털면 되겠지요. 그럼 우리가 더 악랄해 보이니 서로서로 좋은 것 아니겠습니까?"

"음, 나쁘지 않군."

도진의 말에 무생이 고개를 끄덕였다. 나름 일리가 있었고 애초부터 깊게 생각하지 않았기 때문이다. 무생은 어쨌든 흥미가 있는 쪽으로 움직였고 도진과 진대정은 그런 무생의 성격을 빨리 알아채 흥미를 매번 자극했다. 무척이나 죽이 잘 맞는 그들이었다.

"음, 순조롭군."

만복금이 미소를 지으며 그렇게 말했다. 무금성은 날이 갈수록 성장하고 있었다. 만복금의 뛰어난 사업 수완으로 황궁에까지 연이 닿은 덕분에 더 이상 만복금을 건드릴 자는 없었다. 오히려 무생보다 더 막강한 영향력을 행사했다. 만복금의 평은 어느 세력을 막론하고 좋았는데 스스로의 이익을 취하면서도 베푸는 것이 상당히 많아 그의 인품을 찬양하는 자가 무수히 많았다.

명예직이기는 하나 황궁에서 벼슬까지 내려주었으니 명성이 하늘을 찌를 듯했다. 만복금은 그런 부와 명예를 얻었음에도 절대 기본을 벗어나지 않았다.

그는 자신을 이 자리에까지 올라올 수 있도록 만들어준 무생을 위해 무슨 일이든 할 수 있었다. 만복금의 지원 아래 무생신교 역시 구파일방 못지않은 세를 가지게 되었다. 무림통일의 발판은 마련된 것이나 다름없었다.

'형님께서는 무슨 생각이실까?'

무생이 남쪽으로 내려갔다는 소식이 간간이 들려왔고 개방과 하오문의 모든 소식통을 분석해 본 결과 마교 쪽으로 향하고 있다는 말이 신뢰를 얻었다.

"황산의 일은 순조롭나요?"

"신녀께서 오셨군."

뒤에서 갑작스럽게 홍수희가 나타나도 이제 만복금은 깜짝 놀라거나 하지 않았다. 무금성은 춘삼이 지키고 있으니 암수의 위협은 없었다. 홍수희 정도 고수가 아니고서는 그 누구도 만복금의 방에 들어올 수 없는 것이다.

"황산 주변 마을에 대한 구제 사업은 어느 정도 끝났소. 명예직이기는 하나 벼슬자리 하나를 얻은 만큼 각별히 더 신경을 써야 했소."

"발견된 혈마인은 어떤가요?"

"사람을 습격하며 명을 유지하고 있소. 정의천에서 나섰으니 더 이상 큰 피해는 없을 것이오."

혈마인이 아직 완전히 뿌리 뽑힌 것이 아니었다. 사람이 말라 죽었다는 소식이 전해지는 것을 보면 사람의 선천지기를 흡수하여 목숨을 유지하고 있는 것으로 보였다. 정파의 중심으로 떠오른 정의천에서는 혈마인 색출 작업에 한창이었고 구파일방에서도 큰 도움을 주고 있었다.

그것 외에 만복금은 황산에 무생의 세가를 조성하고 있었는데 벌써부터 많은 이가 황산을 찾을 만큼 완성되어 가고 있었다. 천하제일 세가가 탄생한다는 소문은 무림을 들끓게 했고 만복금의 앞으로 아주 많은 중매 제의가 오고 있었다.

만복금은 그것 때문에 요즘 밤잠을 설치고 있었다. 모든 것이 순조로웠지만 무생에 관한 것은 늘 골치가 아팠다.

"공주께서도 관심을 보이시니……."

"주군께 어울리는 여자가 과연 존재할지 의문이군요."

"남궁소연 그 아이가 그나마 형님과 편하게 지냈는데 그렇게 되었으니 안타깝소."

남궁소연의 일은 무척 안타까운 것이었다. 만복금은 남궁소연이 꽤나 마음에 들었고 무생과 잘되었으면 하는 바람도 있었다. 물론 사천당문이나 하북팽가에서 강력하게 반대할 것이 뻔했지만 말이다. 무생이 훌쩍 떠나 버리자 사천당문과 하북팽가 역시 움직이기 시작했다.

"그러고 보니 무림의 꽃이라는 여인들은 모두 다 주군께 반한 것 같더군요."

"그거야 어쩔 수 없는 것 아니겠소?"

무생은 잘생긴 데다가 고금제일인이었다. 성격은 조금 종잡을 수 없기는 하나 고금제일인에 어울렸다. 반하지 않고 버틸 여인이 있을지조차 의문이었다.

"그러고 보니 신녀께서도 요즘 아름답기로 손꼽히고 계시던데……."

"물론 저도 다르지 않답니다."

"음……. 뭐 ,힘내시오."

만복금은 그 정도의 말밖에 해줄 수 없었다. 남부럽지 않은 만하연도 이제는 전혀 가능성이 없어 보였다. 과연 누가 무생의 옆자리를 차지할지 궁금하기만 했다.

만복금은 그렇게 생각하면서 자신도 장가갈 시기가 꽤나

지났음을 깨달았다. 그러자 조금은 서러움이 밀려왔다. 무생에게 가려져 외로운 나날을 보내고 있는 만복금이었다.

"그나저나 형님께서 마교에 무슨 볼일이 있으신지 모르겠소."

"그냥 놀러 가신 것이 아닐까요?"

"그럴 리가 있겠소? 형님의 생각은 너무나 깊어 이 아우가 따라갈 수 없어 안타깝소."

"하긴, 주군께서는 몇 수 앞까지 내다보시고 움직이시니 말이에요."

무생이 움직인 결과가 바로 지금의 상황이었다. 얼마 되지 않은 사이에 무금성이 압도적으로 커졌고 무생신교는 구파일방 못지않게 대단해졌다. 그리고 백도무림과 사파연합, 마교와 균형을 지키며 무림을 이끌어가고 있으니 정말 대단하다고 말할 수밖에 없었다.

"마교를 휘하에 넣어 천하통일을 준비하시는 것일지도 모르지요."

"으, 음……."

무림통일은 이미 이룬 것과 다름없었다. 홍수희는 강렬한 열망이 섞인 눈이 되었다. 만복금도 다르지 않았는데 이제는 무림이 비좁다고 생각하고 있을 뿐이었다.

"형님의 뜻에 모든 것 맡기겠소."

만복금이 그렇게 말하자 홍소희는 빙긋 웃더니 자리에서 사라졌다. 언제나 느끼는 것이지만 홍수희는 아름다웠으나 살 떨리게 무서웠다. 저런 여자를 감당할 수 있는 자는 역시 고금제일인 염마지존 무생밖에 없다고 생각하는 만복금이었다.

第九章

큰것한방

십만대산은 광동성에 있었다. 십만대산에 자리 잡은 마교의 정확한 위치를 아는 자는 드물었는데 그 누구도 알아보려 하지 않았다. 마교는 그만큼이나 무림 역사상 가장 두려운 존재였다. 지금은 손색이 있기는 하나 여전히 그런 인식이 박혀 있었다. 그러니 십만대산으로 들어가 손수 마교를 찾아다닐 미친 자는 존재하지 않았다.

절대무적 삼마신, 그러니까 무생과 진대정, 도진은 계속해서 남하해 광동성에 있는 허창에 도착했다. 그리 긴 시간이 걸리지는 않았는데 무생은 물론이고 진대정과 도진 역시 신법에 일가견이 있었기 때문이었다. 절대무적 삼마신의 명성을 높이기 위해 이런저런 일을 하지 않았다면 진즉에 광동성에 도착했을 것이다.

"이야, 역시 남쪽에는 색다른 미인이 많군요! 그렇지 않습니까, 형님?"

"그럭저럭 색다른 풍경이기는 하군."

진대정의 물음에 무생은 그다지 의미를 두지 않고 그렇게 말했다. 진대정과 도진은 이런 최남단까지는 처음 내려와 본 것이라 주위를 구경하는 데 여념이 없었다.

"객잔에서 머물면서 큰일을 도모하는 것이 좋겠습니다."

"하하하! 기루에 가지 않고?"

"형님, 우리의 목적은 그런 하찮은 곳에 있지 않음을 명심하십시오."

"음, 과연! 제갈량이 따로 없구나!"

진대정과 도진의 대화였다. 셋이 거리에 등장하자 주변 사람들이 슬금슬금 피하기 시작했다. 그도 그럴 것이 셋은 어두운 색의 무복을 입고 있었고 어디서 구했는지 선이 거친 피풍의를 걸치고 있었다.

뿐만 아니라 무생은 얼굴에 낡은 붕대를 칭칭 감고 있었고 도진과 진대정은 험악한 인상의 인피면구를 썼다. 딱 봐도 악랄한 사파인의 전형적인 모습이었다.

"일단 객잔으로 가시지요."

도진의 말에 무생이 고개를 끄덕였다.

"이봐."

"히, 히이익! 왜, 왜 그러십니까요?"

진대정이 행인에게 말을 건네자 행인은 안색이 새파랗게 변하며 덜덜 떨기 시작했다.

"가장 좋은 객잔은 어디에 있느냐."

"대, 대로를 따라 걸으시면 가장 큰 객잔이 있습니다요. 제발 모, 목숨만은……!"

"으흐흐흐! 오늘은 기분이 좋으니 목숨만은 살려주도록 하겠다!"

"가, 감사합니다!"

진대정은 본연의 역할에 상당히 충실했다. 이쯤 되면 본래 본인의 성격인지 연기인지 구별이 되지 않을 지경이었다.

"괜찮았지?"

"예, 형님. 역시 뛰어나신 발성이십니다."

"으하하! 내 소싯적에 산적질 좀 하지 않았느냐. 산을 쩌렁쩌렁 울리기 위해 음공을 배웠었지."

무생이 앞서가기 시작하자 진대정과 도진이 뒤따랐다. 양옆에서 무생을 호위하듯이 걷는 모습은 그야말로 위압감

넘쳤다. 무림인들조차 화들짝 놀라며 시선을 피하기 급급했다.

무생은 그런 주변 상황은 아무래도 좋았다. 진대정과 도진이 일을 벌이면 나름 흥미 있는 것들이 튀어나오니 오히려 조금 기대하는 눈치였다.

절대무적 삼마신이 허창에서 가장 큰 객잔에 도착했다. 고급 객잔이었는데 아무나 받지 않는 듯 입구에 장정 여럿이 서 있었다. 무생이 뚜벅뚜벅 다가오자 장정들은 시선을 돌렸다가 주춤 물러났다.

"죽기 싫으면 비켜라."

"저, 저 대, 대협. 죄, 죄송합니다만 지, 지금 자리가 꽉 차서……."

도진의 말에 장정 하나가 식은땀을 흘리며 그렇게 말했다. 도진은 살짝 시선을 돌려 진대정을 바라보았다. 진대정이 눈을 빛내며 고개를 끄덕이자 도진은 섬뜩한 미소를 지으며 장정에게 시선을 옮겼다.

"네놈이 뼈와 살이 분리가 되어야지 말을 알아듣겠군."

"허, 허억!"

도진의 기세에 못 이긴 장정들이 비틀거리며 물러나 바닥에 주저앉았다. 도진이 객잔의 문을 강하게 치자 문이 박살 나며 바닥에 떨어졌다.

콰앙!

객잔 문이 떨어져 나가자 안에 있던 자들이 모두 도진을 바라보았다. 도진과 진대정이 객잔 안으로 들어서자 마지막으로 무생이 들어왔다.

"꽉 찼군."

무생이 그렇게 말하자 진대정과 도진이 눈을 맞추었다.

"형님! 잠시만 기다려 주십시오!"

진대정이 몇 걸음 앞으로 나와 객잔에 있는 자들을 바라보았다.

"우리는 그 유명한 절대무적 삼마신이다! 지금 당장 특실로 안내해라."

"내 곡도에는 눈이 달리지 않았다. 피를 보고 싶은가."

진대정과 도진이 그렇게 말하자 싸늘한 침묵이 내려앉았다. 이 정도로 했으면 누군가 자리를 박차고 일어나게 마련이었다.

"건방진!"

역시 그러했다. 일 층 가장 큰 자리를 차지하고 있던 자들 중 하나가 벌떡 일어나며 무생 쪽을 노려보았다.

"사파의 조무래기 놈들이 겁대가리를 상실하고 날뛰는구나! 얼른 무릎을 꿇고 사죄하도록 해라!"

복장을 보아하니 정파 소속 같았다. 날카로운 인상의 검수였는데 무공을 제법 익힌 것인지 태양혈이 돋보였다.

"감히 광무회 앞에서 건방을 떠는 네놈들이 누구라고 절대무적 삼마신? 지나가던 개가 웃겠군."

그자가 그렇게 말하자 웃음소리가 객잔을 메우기 시작했다.

"오호라, 네놈들이 요즘 날뛴다는 삼마괴인이로구나."

삼마괴인이라 칭하는 순간 무생이 천천히 앞으로 걸어 나갔다. 천천히 다가오는 무생을 하찮게 보던 남자가 내공을 일으키려 할 때였다.

"커억!"

순식간에 뻗어나간 무생의 주먹에 남자의 몸이 꺾여 버렸다.

"절대무적 삼마신."

"뭐, 뭣?! 컥!!"

무생의 주먹이 남자의 전신을 골고루 타격했다. 그 타격이 너무나 경쾌해 주변 사람들이 시원함을 느낄 정도였다. 하지만 당하는 당사자는 고통에 몸부림쳤다. 무생의 주먹은 남자의 혈맥을 깨끗하게 닦아주고 막힌 곳을 뚫어주었지만 그것을 알아차리는 것은 나중의 일일 것이다.

지금은 너무나 잔혹하게 느껴지는 구타에 광무회의 모두가 몸을 떨었다.

"사, 살려……."

"절대무적 삼마신이다."

남자는 살기 위해 고개를 마구 끄덕였다. 무생의 주먹이 남자의 단전을 강타했다.

"커어억!"

기연을 얻은 것이 분명했지만 그것을 깨달을 새는 없었다. 남자는 바닥에 쓰러져 그대로 기절했다.

무생이 자리를 차지하고 있는 광무회의 무인들을 바라보자 그들이 자리에서 벌떡 일어나며 무기를 뽑았다.

이대로 물러나기 자존심 상해 무기를 뽑기는 했으나 도저히 선뜻 공격할 수 없었다. 바닥에 쓰러진 남자는 광동에서 이름을 날린 고수로 광무회의 중심축이었기 때문이다.

"허허, 버르장머리 없는 놈들이로군."

내공이 강력히 실린 목소리가 객잔에 울려 퍼졌다. 그제야 광무회의 무인들은 안도의 한숨을 내쉬며 당당하게 무생을 노려볼 수 있게 되었다.

이 층에 있던 노인이 허공답보의 수법으로 내려왔다. 그러자 주변에서 감탄성이 터져 나왔다. 노인의 고절한 신법은 평생 한 번 보기도 힘들 정도로 대단한 경지였기 때문이다.

노인이 광무회의 무인들 앞에 착지하며 내공을 일으켰다. 그리고 시선을 돌려 무생을 바라보았다.

“어디서 사파의 잡…….”

말을 하던 노인은 무생과 눈이 마주치자 두 눈을 깜빡였다. 무생 역시 조금은 황당한 기분이 되었다.

[여, 여기서 뭐하시는 것이오? 게다가 그 꼴은…….]

[오랜만이오. 독제.]

그는 사천당문의 독제였다. 독제는 눈앞에 있는 사내가 무생임이 확실해지자 헛웃음이 새어 나왔다.

[염마지존이 사파 행세를 하고 있다니 아무도 믿지 않겠군. 내 손녀가 못 찾아낼 만하오.]

사실 독제는 가출한 손녀를 찾으러 광동까지 내려온 것이었다. 무생이 사라졌다는 소식을 듣자마자 여기저기서 정보를 수집하더니 광동으로 출발했다는 소식이 독제의 귀에 들린 것이다.

독제는 무생의 양옆에 있는 자들을 바라보았다. 진대정과 도진은 경악의 눈으로 독제를 대할 수밖에 없었다.

‘무, 무시무시한 노인이군.’

‘대단한 경지다.’

독제인 것은 몰랐으나 그의 경지가 자신들보다 훨씬 윗줄임을 깨달은 것이다.

[쓸 만한 놈들을 부하로 데리고 다니는구려.]

[아우들이오.]

[허허, 그렇소이까?]

무생과 독제가 서로를 바라보며 말이 없자 광무회를 포함한 주변 사람들이 긴장 어린 표정을 지었다.

"대단한 내력 싸움이다!"

"과연!"

딱히 내력 싸움을 하는 것은 아니었으나 주변의 눈에는 그렇게 보였다.

[무슨 계획이라도 있는 것이오?]

[마교로 들어가려 하오.]

[마교의 입마대전을 노리는 것이구려. 염마지존이 하는 일이니 다 뜻이 있겠지. 그런데 그 절대무적 삼마신인가 뭔가로 들어가시려 하오?]

[그렇소. 그러니 적당히 맞춰주시오.]

독제는 살짝 고개를 끄덕였다. 그리고는 뒤로 몇 발자국 물러나는 시늉을 했다.

"허허, 과연 큰소리칠 만하구나! 이 독제에게 대항을 하다니 말이야."

"도, 독제!"

"사천당문의 독제다!!"

독제가 스스로 그렇게 말하자 주변 모든 무인이 존경스러운 눈으로 독제를 바라보았다. 염마지존에게 당해 잠시 천하십제의 지위를 잃기는 했으나 염마지존이 고금제일인이 된 이후 독제의 명성은 오히려 예전보다 높아졌다.

염마지존과 몇 수를 겨루었다는 일화가 전해져서였다. 천하삼절 모용준도 그리하지 못했으니 말이다.

[음, 무 대협. 적당히 당하는 척하는 것이 어떻소? 입마대전을 노린다면 너무 강해서는 의심을 살 것이오.]

[듣고 보니 그렇군.]

진대정과 도진은 빠르게 상황 파악을 했다. 무생과 독제가 안면이 있다는 사실을 알고 있었고 지금 전음을 나누고 있다는 것을 눈치챘다.

독제가 권장을 펼치는 순간 무생의 신형이 비틀거렸다.

"형님!"

"큰 형님!"

무생은 어색하게 비틀거리며 물러났다. 다행히 얼굴에 붕대를 감고 있어 다른 자들은 무생의 표정을 볼 수 없었다.

"흠, 내 독장을 맞고도 버티고 서 있다니 큰소리칠 만하군. 물러가거라."

독제는 무생을 치켜세워 주는 것을 잊지 않았다. 진대정이 독제를 노려보며 입을 떼었다.

"과연 독제다운 배포로군. 이 일은 잊지 않겠소!"

진대정과 도진이 무생을 부축하는 척하며 객잔 밖으로

나섰다. 빠르게 그 주변에서 벗어난 그들은 한적한 곳에 다다르자 웃음을 내뱉었다.

"천하의 독제가 그런 어색한 연기를 할 줄 몰랐군!"

"당황한 표정 보았습니까? 하하!"

무생 역시 이번에는 피식하고 웃음을 내뱉었다. 그렇게 웃음을 내뱉고 있다가 진대정과 도진의 얼굴이 딱딱하게 굳어졌다.

독제가 어느새 자신들의 뒤에 서 있었기 때문이다.

"허허, 애송이들이 정신을 못 차렸군."

"하하하, 이, 이거 독제 어르신 아니십니까? 저, 녹림의 진대정입니다."

"도진이라 합니다."

나름 공손하게 말한 그들이었다. 무생은 시선을 돌려 독제를 바라보았다. 독제는 웃음을 흘리며 무생과 눈을 맞추었다.

"절대무적 삼마신께서는 이제 무엇을 하려 하시오?"

무생은 잠시 생각하다 입을 떼었다.

"큰 것 한 방."

"흐음, 요컨대 명성이 필요하다는 말씀이시군."

독제는 진지하게 생각하다가 무생을 힐끔거렸다.

'연희야. 이 할아버지가 기회를 주마.'

독제는 당연희가 어디에 있는지 알고 있었다. 혹시나 그녀의 신변이 위험할까 회창에 남아 있었던 것이다.

독제는 그렇게 생각하며 재빨리 표정 관리에 들어갔다. 방금 전 객잔에서 연기를 못하는 척한 것도 바로 이때를 위해서였다.

"듣자 하니 요즘 마교의 입문 조건이 날로 까다로워지고 있다 하더이다. 백도무림의 기세에 밀렸기에 좀 더 두려움을 줄 자들이 필요한 것이겠지. 입마대전에 들기 위해서는 꽤나 악명을 떨쳐야 할 것이오."

무생은 고개를 끄덕였다. 그 말이 제법 그럴듯했기 때문이다. 진대정과 도진도 독제의 말을 경청하고 있었다.

"이 근방에 흑천문이 있소. 얼마 전 마교 밑으로 들어간 방파인데 들쑤시기 적당한 규모 같소. 주로 강시술 같은 시답지 않은 것을 전문으로 하는 문파이지."

독제의 말에 무생은 흥미를 나타냈다. 무생이 본 강시는 혈강시가 전부였다. 혈강시는 무척이나 강력한 강시로 일반 강시와는 비교 자체를 불허하나 무생에게는 별로 상관없는 말이었다. 그저 강시라는 것이 중요했다.

'흥미를 보여 다행이군.'

독제는 그렇게 생각했다. 흑천문에서 당연희가 객으로 있었는데 스스로의 신분을 감추고 있었다. 독곡의 일원이라는 그럴싸한 신분으로 위장한 뒤 흑천문을 조사하고 있었다. 강시술을 전문으로 하는 곳이니 혹시 혈마인과 관련이 있을까 해서였다. 당연희는 혈마인과 그곳이 관련이 있으면 무생이 나타날 것이라 믿고 있었다.

신분을 속인다고는 하지만 흑천문의 장문인에게 독제가 찾아가 으름장을 놓은 상태였고 알게 모르게 장문인은 당연희에게 속은 척하며 챙겨줄 수밖에 없었다.

"흠흠, 그곳에 객으로 있는 여인이 있는데 그렇게 미색이 뛰어나다 하오. 악명을 쌓으려면 응당 여인을 납치해야 하지 않겠소이까?"

독제가 강렬한 눈빛을 보내며 그렇게 말하자 무생은 살짝 고개를 끄덕였다.

"독제, 이번 일에 제법 흥미가 있는 것 같소만?"

"허, 허허허. 그 유명한 염마지존께서 하는 일은 다 흥미롭지 않겠소?"

독제가 어색한 웃음을 지으며 말하자 무생이 독제를 가만히 바라보았다. 독제는 헛기침을 하더니 다시 입을 떼었다.

"큼, 그럼 이만 가보겠소. 흑천문을 제대로 박살 낸다면 좋은 결과가 있을 것이오."

독제가 빠르게 사라지자 진대정과 도진이 동시에 긴 숨

을 내뱉었다. 무생은 사라지는 독제의 뒷모습을 바라보다가 고개를 끄덕일 뿐이었다.

"심심하지는 않겠군."

독제가 감춘 것이 무엇인지는 모르나 그것마저 흥미를 자극하고 있었다. 독제의 숨겨둔 음모는 나중의 알게 되는 재미일지도 몰랐다.

"독제, 저 영감은 아직도 팔팔하군요."

"저 독제가 눈치를 보는 자는 역시 큰 형님밖에 없으실 겁니다."

이제는 천하삼절의 자리에 놓아야 한다는 평이 강한 독제였다. 천하삼절 위에 무생을 위한 한 자리가 생겼는데 그것이 바로 천하일신(天下一神)이었다. 백도무림뿐만 아니라 사파연합, 그리고 마교도 인정한 유일무이한 고금제일인인 것이다.

"조금 미심쩍긴 하지만 상관없지 않습니까?"

도진의 말에 무생이 고개를 끄덕였다. 진대정은 미색이 뛰어난 여인이 객으로 있다는 소리만 기억할 뿐이었고 무생은 혈강시 외의 일반 강시를 눈으로 보고 싶었다.

마교 밑으로 들어와 전성기를 누리려 하는 흑천문이 때 아닌 위기를 맡게 된 것이다.

第十章

흑천문의 음모

무생록

"그래도 문파라는 거로구나."

당연희는 작게 숨을 내쉬며 침상에 누웠다. 당연희는 흑천문의 객실 중에서도 가장 호화로운 객실 안에 머물고 있었다. 그것은 흑천문주가 식은땀을 흘리며 배정해 준 곳이었다. 흑천문주의 아들이 껄떡거리기는 했으나 당연희는 목적을 위해서라면 참을 수 있었다.

당연희는 만복금으로부터 무생이 남쪽으로 갔고 마교에 관심이 있다는 전갈을 받았다. 그 즉시 집을 나서 십만대산이 있는 광동까지 온 것이었다. 그녀는 무생에게 당당해지고 싶었다. 혈마인이나 혈옥을 찾아내어 자신의 성장을 알리고 싶었다. 팽하월이나 만하연과는 차원이 다르다는 것을 보여주고 싶었다.

'이곳이 혈교와 관련이 있다는 것을 알리면 이쪽으로 올지도 몰라.'

사실 당연희가 흑천문에 온 것은 독곡의 밀서를 가로채고 나서부터였다. 혈마인이라는 말은 없었지만 수상한 점이 한두 가지가 아니었다. 여러 가지 생각 끝에 흑천문을 조사해 보는 것이 좋겠다는 결론을 내린 것이다.

'혈마인과 관련이 없다고 해도 일단 흑천문은 마교 소속이 되었으니 무 공자와 만날 기회가 생길지도…….'

이래저래 다양한 방법으로 접근할 수 있는 기회를 만들어야 했다. 듣자 하니 하북팽가에서 움직임이 심상치 않다고 했다. 하루 빨리 먼저 만나는 것이 이득이었다.

"계시오?"

문 밖에서 소리가 들려왔다. 목소리의 주인은 흑천문주의 아들 지고반이었는데 당연희는 그를 상당히 어리석고 별 볼 일 없는 자로 평가하고 있었다.

"무슨 일이시죠?"

당연희가 문을 열자 지고반이 부드러운 웃음을 지었다.

"그대의 얼굴을 보지 않으면 도저히 잠을 이룰 수 없어 찾아왔소."

지고반은 굉장히 말라 흡사 시체를 보는 것 같은 자였다. 흑천문주 역시 그러했는데 그것은 흑천문에서 내려오는 강시술을 다루기 위한 내공심법의 영향 때문이었다. 느끼한 말을 해대자 당연희는 소름이 돋았다.

"나는 이 모든 것을 물려받을 남자이오. 흑천문이 마교로 들어간 덕분에 흑천문은 더 큰 발전을 할 것이오."

"좋으시겠네요."

"이 모든 것이 그대 것이 될 수 있소."

"관심 없습니다."

당연희는 공식적으로는 독곡에서 온 객으로 알려져 있었다. 흑천문주는 절대 당연희에게 접근하지 말라고 신신당부했지만 지고반은 당연희를 보자마자 한눈에 반해 버렸다. 평소 자주 가던 기루에 가지 않을 만큼 지극정성이었다.

"내 여기서 그대를 강제로 취할 수도 있으나……."

지고반의 말에 당연희의 눈이 날카로워졌다. 지고반은 웃는 낯으로 자신의 입술을 핥았다.

"일단 기다려 주겠소."

"괜한 기다림이겠군요."

"독곡보다 이곳 생활이 훨씬 편할 것이오."

그렇게 말한 지고반은 순순히 물러났다. 흑천문에 있는 이상 자신의 것이라 생각한 것이다. 지고반은 섭혼술까지 생각하고 있었고 당연희 역시 그 정도는 이미 예상하고 있었다.

'더 이상 머무는 것은 힘들겠어. 십만대산에 직접 가야 하나? 그것은 위험부담이 너무 심해.'

당연희는 제법 심각해졌다. 더 이상 신분을 속이는 것도 위태할 것 같고 뚜렷한 성과가 없었다. 흑천문의 중앙 저택의 지하에 무언가 있는 것 같았지만 그곳까지 접근할 수는 없었다.

왜인지 흑천문주가 직접 눈에 불을 켜며 주변 감시를 하고 있었다. 흑천문주는 유난히 피곤해 보였는데 그럼에도 감시를 게을리 하지 않았다.

당연희가 흑천문에서 떠나기로 마음을 굳힐 때였다.

콰아아앙!

밖에서 무언가 부서지는 소리가 들렸다. 당연희는 화들짝 놀라 내공을 끌어 올렸다. 문 밖에서 발자국 소리가 들려왔다.

"피, 피하십시오! 사파 놈들이……! 커억!"

그렇게 말한 호위무사 하나가 밖으로 튕겨져 나갔다. 다른 호위무사들도 마찬가지였다. 모조리 튕겨져 나가 사방에 쓰러졌다. 호위무사들은 흑천문주가 특별히 붙여준 자들이었는데 흑천문주가 보호를 강조했던 터라 당연희에게 지극정성이었다.

뚜벅뚜벅.

어둠 속에서 걸어오는 자가 있었다. 당연희는 긴장하며 검을 움켜쥐었다. 일류에 못 미치기는 하나 그런 호위무사들을 무력화시킨 자였다.

어둠 속에서 모습을 드러낸 자는 낡은 피풍이를 걸친 험악한 인상의 사내였다. 온몸에 끔찍한 장신구를 달고 있어 딱 봐도 사파의 인물 같은 분위기가 흘렀다.

그자는 당연희를 보더니 섬뜩한 미소를 지었다.

"과연, 영감의 말대로 미색이 뛰어나군."

"모, 목적이 무엇이죠?"

당연희는 사내를 본 순간 자신은 그의 적수가 못 됨을 깨달았다. 보는 것만으로도 기세에 짓눌릴 지경이었다.

"으하하하! 나는 절대무적 삼마신의 둘째! 파천마신이다!"

"……네?"

당연희는 사내의 말에 멍한 표정을 지었다. 그런 별호는 들어본 적이 없었기 때문이다.

"하늘을 파괴하여 마가 강림한다! 그것이 바로 이 파천마신이지!"

"아……, 그, 그렇군요."

"하지만 형님께서는 그야말로 마존이시다! 으하하!"

그렇게 말한 파천마신이 다가왔다. 당연희는 검을 뽑으려 했지만 파천마신의 손이 훨씬 빨랐다. 순식간에 당연희를 제압해 그대로 어깨에 들쳐 메었다.

"자, 잠깐……!"

"우리 절대무적 삼마신의 악행을 보아라! 이 잡졸들아!"

파천마신이 그대로 주먹을 휘두르자 권강이 뿜어져 나가 벽이 허물어졌다. 당연희는 권강을 보는 순간 몸이 굳어버려 그 어떤 사고도 할 수 없게 되었다.

'화, 화경의 고수? 아, 아니 그 이상일지도…….'

허공답보의 수법으로 순식간에 건물 밑으로 내려온 사내의 무공 수위는 당연희가 가늠할 수 없을 정도였다. 건물 밑으로 내려오자 곡도를 든 기이한 사내가 빠르게 흑천문의 문도들을 정리하고 있었다.

"크크큭, 내 도가 피를 부른다. 이것이 바로 극마신검의 힘이다."

그런 소리를 해대며 흑천문의 문도들을 모조리 때려 눕혔다. 베기보다는 도면으로 후려쳐 기절시키고 있는 것이다. 당연희는 그 모습이 무척이나 잔혹하다고 생각했다. 고통을 주는 것을 즐기는 자의 모습같이 느껴졌기 때문이다.

"네, 네 이놈들! 너희는 도대체 누구냐! 감히 여기가 어디라고 행패를 부리는 것이냐!"

흑천문주가 노기 섞인 목소리로 외쳤다. 그러자 파천마신과 극마신검이 사악한 웃음을 흘렸다.

"으하하! 이 악행을 보면 모르겠는가!"

"꺄악!"

파천마신이 어깨에 걸려 있는 당연희를 보여주자 흑천문주의 안색이 새파랗게 변했다.

'크, 큰일이다!'

그렇게 생각할 수밖에 없었다. 이 사파 놈들의 정체는 모르나 당연희를 건드린다면 독제가 가만히 있지 않을 것이다. 곧 천하삼절에 오른다는 독제의 분노를 사게 된다면 흑천문의 미래는 뻔했다. 마교의 도움은 기대할 수 없을 것이다. 마교가 희생을 감수하며 독제와 척을 질 리 없기 때문이었다.

"여, 연 소저를 구해라!"

흑천문주의 다급한 외침이 울려 퍼졌다.

"연 소저! 이 지고반이 그대를 구해주겠소."

지고반이 흑천문도들을 대동하고 나섰다. 그 모습은 호기로웠지만 결코 멋지지는 않았다. 매달려 있는 당연희의 표정이 싸늘하게 굳을 지경이니 말이다.

지고반이 신법을 전개하며 달려들 때였다.

콰앙!

"허억!"

지고반과 흑천문도들이 한순간에 뒤로 크게 밀려났다. 어느새 나타난 얼굴에 붕대를 감은 사내가 흑천문의 중앙 건물을 보고 있었다.

"저 아래엔 무엇이 있는 거지?"

그자는 지고반이나 흑천문주에게는 전혀 관심이 없었다.

"저분이 바로 절대무적 삼마신의 두목, 절대마존이시다!"

파천마신이 그렇게 외치자 주변에 싸늘한 기운이 스쳐 지나갔다. 그런 별호를 들어본 적이 결코 없었기 때문이다.

"놔라! 이 사파의 악적들! 나를 어쩌려는 거지?"

"흐흐흐, 우리는 매우 사악하기 때문에 이런 짓 저런 짓을 할 예정이다."

"꺄악!"

파천마신이 손가락을 흐물흐물거리자 당연희가 비명을 질러댔다. 이쯤 되면 사악한 강시술을 전문으로 하는 흑천문보다 더 사악해 보일 지경이었다.

절대마존이라 불린 사내가 비명에 고개를 돌려 당연희를

바라보았다.

"……."

그리고 바로 고개를 돌려 버렸다. 절대마존, 아니 무생은 당연희를 못 본 체하고는 다시 말을 잇기 시작했다.

"지하에 무엇이 있지?"

"크, 크흠. 그것을 말해주면 연 소저를 풀어줄 것이오?"

무생이 진대정을 바라보며 고개를 끄덕였다. 그러나 진대정은 무생의 그 행동을 잘못 알아들었다. 그는 당연희를 두 손으로 들더니 그대로 위로 던져 버렸다.

"꺄악!!"

진대정은 솟구쳐 오른 당연희를 가만히 보다가 바닥에 부딪힐 쯤에 잡아챘다. 그 모습을 본 도진은 감탄하며 박수를 쳤다. 과연 대단한 협박이었다.

"그, 그만두시오! 원하는 건 다 드리겠소. 그러니……!"

"아버지! 저런 근본도 없는 자들에게 무슨……!"

퍼억!

흑천문주가 지고반의 머리를 후려쳤다.

"닥치거라! 하, 하하! 아들놈이 버릇이 없소. 이해해 주시구려."

무생은 잠시 침묵을 지켰다. 그러자 쉴 새 없이 식은땀을 흘리는 것은 역시 흑천문주였다.

"지하에는 아무것도 없소! 그, 그저 수련실일 뿐이오."

흑천문주는 그렇게 말하며 식은땀을 흘렸다. 무생은 당연히 그 말을 믿지 않았다.

"으흐흐, 사실을 고하지 않으면 이 여자의 목숨은……."

"아, 알겠소! 그만두시오!"

진대정이 당연희에게 손을 흐물거리며 협박하자 흑천문주는 기겁하며 외쳤다.

"가, 강시가 있소. 가, 강시라고 해보았자 그저 움직이는 인형일 뿐이오!"

사실 흑천문주는 혈마인이나 혈옥에는 관심이 없었다. 마교로 들어온 이유는 독곡과 연계하여 독강시를 만들어보고자 하는 소망에서였다. 혈교와 관련된 것이 아니라면 마교에서 지원을 해주겠다고 했으니 더할 나위 없는 조건이었다. 사실 흑천문주는 사악한 외형답지 않게 그리 나쁜 인물이 아니었다. 강시를 만드는 시신들도 돈을 주고 공수해온 것들뿐이었다.

"궁금하군."

무생이 그렇게 말하자 진대정이 흑천문주를 바라보았다. 그러자 흑천문주는 다급히 고개를 끄덕였다.

"보, 보여드리겠소. 워, 원하신다면 파기하겠소!"

"단지 보고 싶을 뿐이다."

흑천문주는 무생의 말에 안도하며 빠르게 주변의 흑천문도들을 물렸다. 지고반이 분한 표정으로 무생을 노려보다가 당연희를 보며 애절한 표정을 지었다. 진대정의 어깨에 매달려 있는 와중에서도 당연희는 지고반의 그런 눈빛을 외면했다.

흑천문주는 횃불을 들고는 바닥에 달린 문을 열었다. 흑천문의 주요 시설은 모두 지하에 있었는데 백도무림의 눈을 피하기 위해 고안한 것이었다. 무림맹에 뇌물을 바치며 그동안 무사히 지낼 수 있었는데 무림맹이 권력을 잃은 지금 마교에 세력을 의탁한 것이었다. 조건도 좋고 말이다.

"제법 그럴싸하게 지었군."

흑천문주는 진대정의 어깨에 걸려 있는 당연희를 살피면서 무생을 안내했다. 어떤 손해를 보더라도 흑천문의 안위가 걸려 있었기 때문에 흑천문주는 이 사파의 잔혹한 삼형제를 따를 수밖에 없었다.

지하에는 간단한 진법이 설치되어 있었다. 흑천문주가 진법을 해제시키며 깊숙한 곳으로 안내하자 제법 커다란 공간이 나왔다.

그 공간에는 많은 강시가 열을 맞춰 서 있었다. 진대정의 어깨에 매달려 있는 당연희도 그 광경에 상황을 잊고 놀랍다는 표정이 되었다. 강시는 모두가 상상하는 그런 전형적인 모습이었다. 특수한 약을 발라놓아 약 냄새가 주변을 가득 메우고 있었다.

주위에 설치되어 있는 진법이 강시들을 제어할 수 있게 해주고 있었다. 흑천문에서 내려오는 내공심법을 익힌 자만이 강시들을 조종할 수 있었는데 과거 혈마존 사태 때 유난히 핍박을 많이 받은 흑천문은 그 강시술의 일부를 손실했다. 지금은 만들 수는 있으나 조종하는 방법은 능숙하지 않았다

"가, 강시술은 나쁜 것만이 아닙니다! 이, 이것들을 이용하면 농사나 다른 힘든 노동을 손실 없이 할 수 있을 겁니다."

흑천문주는 필사적으로 그렇게 말했다. 흑천문주의 선대도 강시로 무림을 어떻게 할 생각은 전혀 없었다. 그럴 위력도 안 되고 말이다. 다만 강시를 이용한다면 노동에 문제가 없게 되기에 많은 이익을 창출할 수 있으리라 여긴 것이다. 다만 세간의 인식이 그러하지 않아 몰락세인 것은 어쩔 수 없었다.

"시, 실제로 저번 증축 공사 때 몇 기를 써보니 그 성과가……."

"그럴듯하군. 좋은 일꾼이 되겠어."

"그, 그렇습니다! 대협!"

무생이 후한 평가를 해주자 흑천문주가 흥분하며 대답했다.

"무슨 말입니까! 이 강시들은 흑천문의 득세를 위한 엄청난 보물입니다!"

지고반이 분위기 파악을 하지 못하고 나서며 말했다. 흑천문주가 지고반을 보고 빠지라는 손짓을 했지만 지고반은 오히려 흑천문주 앞에 서며 뒤돌아 무생을 바라보았다.

무생은 지고반이 하는 양을 바라보았다.

"사파의 잡졸들아! 흑천문의 위력을 보여주겠다!"

지고반은 자신이 있는 듯했다. 흑천문 강시가 최강이라는 환상에 사로잡혀 있었고 그것은 내공심법을 익히면서 더욱 심해졌다. 그렇게 생각하지 않고서야 흉측하게 마른 자신의 모습을 견딜 수 없었기 때문이다.

"그, 그만두어라!"

지고반이 내력을 일으키며 진법을 깨뜨렸다. 무생은 지고반을 그저 보고만 있었고 진대정과 도진 역시 그러했다.

휘이이익!

주변을 덮고 있던 한기가 사라졌다. 굳어 있던 몸이 풀리자 강시들이 조금씩 움직이기 시작했다. 무생이 보기에 흑천문의 강시들은 혈강시에 비해 전혀 위협적이지 않았다.

손톱도 잘 정돈되어 있어 시독이 흐르거나 하지는 않았다. 지고반이 내공을 일으키며 비릿한 웃음을 지었다.

"무릎을 꿇고 빈다면 목숨만은 살려주겠다!"

지고반은 최대한 멋있는 척을 하며 그렇게 말했지만 아무도 그에 호응해 주지 않았다.

"음?"

그때 옆에서 보고 있던 진대정이 튀어 나온 돌을 툭툭 건드리자 상황은 꽤나 빠르게 변하기 시작했다.

텅!

무언가 터지는 소리가 나더니 천장이 갈라지기 시작했다. 내공을 일으키며 강시를 조종하려 애쓰던 지고반이 천장에서 떨어진 돌에 머리를 맞더니 그대로 쓰러졌다. 큰 상처는 없어 보였지만 그대로 기절하여 더 이상 강시들을 어찌 할 자는 존재하지 않았다. 흑천문주만이 그 자리에 주저앉아 망연자실한 표정으로 강시들을 바라보았다.

"움직이는군."

무생이 그렇게 말하기 무섭게 강시들이 마구잡이로 뛰쳐나가기 시작했다. 갈라진 천장에 몸을 날리더니 커다란 구멍을 뚫어버렸다.

"흠, 꽤나 날렵하군. 삼류 무사 정도는 되겠어."

진대정이 강시들의 몸놀림을 보며 그렇게 말했다. 당연

희는 통제를 잃고 빠져나가는 강시를 보며 안색이 새파랗게 변했다.

'강시가 민가를 습격한다면……!'

막대한 희생을 치를지도 몰랐다. 무생은 사라진 강시를 바라보다가 등을 돌렸다.

"재미는 있으나 쓸모는 없군."

무생의 말에 진대정과 도진이 고개를 끄덕였다.

"슬슬 배가 고프네."

"이 근처에 유명한 곳이 있다고 하는데 그곳으로 가보시겠습니까?"

"오! 좋은 생각이군."

진대정과 도진이 그런 대화를 나누자 당연희는 너무나 황당할 수밖에 없었다. 이런 말도 안 되는 사태를 초래해 놓고 당사자들은 너무나 태연해 보였다.

마치 구경이라도 가듯이 밖으로 향하기 시작한 절대무적 삼마신이었다.

*　　*　　*

밖은 당연희의 생각대로 상당히 소란스러웠다. 강시가 뛰쳐나가 날뛰는 통에 여기저기서 비명 소리가 들려왔다.

딱히 사람을 습격하는 것이 아닌, 그냥 마구잡이로 뛰어다니는 것이었지만 강시라는 것 자체가 충분히 두려운 것이었다. 무생이 빠져나오자 지하는 완전히 무너져 내렸다. 도진이 손을 풀자 흑천문주와 지고반이 그대로 바닥에 떨어졌다.

허창을 가득 메운 소란스러운 소리가 흑천문주의 마음을 괴롭게 만들었다. 강시들이 마구 뛰어다니다가 불이 몸에 붙은 덕분에 밤이었지만 상당히 잘 보였다.

허창에 있는 모든 무림인이 뜻을 모아 강시를 잡으러 다니고 있었다.

"저기 있다!"

무림인들이 몰려왔다. 대부분이 광무회 소속의 무림인이었고 명문정파의 인물도 몇 있었다. 그들이 무생을 발견하자 살기를 내뿜으며 검을 겨누었다.

"네놈들이 강시들을 풀어 허창을 쑥대밭으로 만들려고 하는 사파 놈들이군!"

호기롭게 앞으로 나서는 자의 말에 잠시 침묵이 가라앉았다.

"안타깝지만 네놈들의 강시는 무림의 영웅호걸들 앞에 허무하게 쓰러졌다! 감히 허창에서 잔혹한 음모를 꾸미다니! 광무회가 용서치 않겠다!"

몰려온 무림인의 숫자가 상당히 많아지자 흑천문주는 눈치를 살피다가 빠르게 그들에게 뛰어가며 외쳤다.

"대, 대협들! 독제의 손녀이신 당 소저가 저 사악한 놈들에게 잡혀 있소!"

"응?"

당연희는 갑자기 자신의 정체를 언급하자 크게 놀랄 수밖에 없었다. 속였다고 생각했는데 흑천문주는 이미 자신의 정체를 알고 있는 것이었다.

"독제……, 손녀? 다, 당연희?"

진대정이 기겁하며 당연희를 바닥에 패대기쳤다.

"꺄악!"

"저, 저런 잔인한!!"

"당 소저! 조금만 기다리시오! 악적의 손아귀에서 구해주겠소!"

진대정이 당황하며 패대기친 것을 본 무림인들이 분개하며 살기를 흘렸다.

'독제가 꾸몄던 것이 당연희로군.'

아무래도 독제는 당연희와 자신을 만나게 하기 위해 정보를 흘린 것 같았다. 무생은 당연희를 모른 척하기로 했다. 지금은 절대무적 삼마신이니 들킬 염려는 없었고 왠지 귀찮았기 때문이다.

무생이 천천히 당연희를 지나친 순간 당연희가 무생을 바라보았다. 정확히 말하자면 무생의 손을 바라본 것이다.

'저 끈은…….'

금호에 있었을 당시 팽하월이 무생의 손목에 매어준 끈이었다. 대천지주와의 격렬한 싸움에서도 끊어지지 않고 있었는데 무생도 그것이 신기하여 그대로 놔두고 있었다.

'하월이가 무 공자께 준…….'

순간 당연희의 눈이 크게 떠졌다. 얼굴에 붕대를 감고 있기는 하지만 체형이나 분위기가 무생과 너무나 흡사했다. 당연희는 다급히 주위를 살피다가 저 멀리서 자신을 바라보고 있는 독제를 발견할 수 있었다.

독제는 당연희를 바라보며 고개를 끄덕이고 있었다.

'사천당문의 여식임을 보여주거라.'

'할아버지……!'

전음이 오가지는 않았지만 눈빛만으로 그런 말들을 나눈 것 같았다. 눈앞에 있는 남자가 무생인 것이 확실해지자 당연희는 그대로 가만히 있을 수 없었다.

뒤로 슬금슬금 접근하는 광무회의 무인이 있었다. 다른 자들이 시선을 돌리는 사이 당연희를 구해내려고 기척을 죽이며 접근하고 있는 것이었다.

무생은 그것을 알았지만 모른 척하고 있었고 진대정과

도진 역시 마찬가지였다. 애초부터 독제의 손녀라는 것이 밝혀진 지금 당연희는 언제 터질지 모르는 벽력탄이나 마찬가지였기 때문이다.

'독제 그 영감이 요즘 그렇게 손녀를 애지중지한다는데 큰일 날 뻔했군.'

'독제의 손녀는 아무리 예뻐도 여자가 아니다.'

진대정과 도진은 그렇게 생각하며 빨리 데려가라고 바라고 있었다. 광무회의 무인이 당연희의 지척까지 접근해 재빨리 손을 뻗을 때였다.

당연희가 날카로운 눈으로 그자를 노려보더니 그대로 내공을 일으켜 빠르게 수혈을 짚었다. 진대정과 도진은 그 모습을 보고 당황할 수밖에 없었다.

'저, 저 여자가 미쳤나!'

진대정은 그리 생각했다. 어째서 자신을 구하려는 자를 제압한단 말인가?

더 당황스러운 사태가 벌어졌다.

"꺄앗!"

당연희가 넘어지며 무생의 팔에 매달린 것이다. 무생은 자신의 팔에 매달린 당연희를 어이가 없다는 눈으로 바라보았다.

"그래도 꽤 실력이 있다는 건가! 저렇게 간단히 제압하다니!”

“허공섭물인가!”

무림인들은 그렇게 착각하며 무생을 더욱 살기 섞인 눈으로 노려보았다.

“여, 염마지존께서 당신들을 가만두지 않을 거예요!”

당연희가 그렇게 외쳤다.

“여, 염마지존?”

“그렇다면 그 소문이 사실이었나?”

무림인들은 각자 소란스러웠다. 염마지존이 언급된 시점에서 내뿜던 살기를 잠시 멈추었다. 그만큼 염마지존은 존경받는 인물이었고 모든 무림인의 우상이었다.

“염마지존께서 절 얼마나 사…… 읍!”

무생이 당연희의 입을 막았다. 당연희를 거칠게 다루자 무림인들이 분개하며 다시 살기를 일으켰다. 무생은 인상을 찡그리며 당연희를 바라보았다.

[절 속일 수 있을 거라 생각하셨나요?]

[귀찮게 됐군.]

[그런 말은 속으로 생각하세요!]

무생은 자신의 팔에 매달린 당연희를 진대정 쪽으로 던졌다. 얼떨결에 당연희를 받아 든 진대정은 기겁하며 다시 내팽개치려다 간신히 멈췄다.

슬슬 귀찮아진 무생은 상황을 빨리 정리할 필요성을 느꼈다. 이 정도 사태까지 일어날 줄은 몰랐지만 아무튼 허창이 온통 난장판이 되었으니 절대무적 삼마신의 악명도 높아졌을 거라 예상되었다.

무생은 선천지기를 개방하지 않았다. 무생이 구상해 놓은 무공은 굉장히 많았고 그중 사공이라 분류될 만한 것도 꽤 있었다. 그것들 중에 이 상황에 가장 유용한 것이 있었다.

무생이 손을 뻗자 무림인들이 긴장하며 내기를 일으켰다. 하지만 그것이 패착이었다. 그들 중 하나가 무생의 손에 빨려들어 왔다. 내공을 일으키며 대항하려 했지만 무생의 손에 잡힌 시점부터 그에게 희망은 없었다.

"허어억! 내공이!"

그의 내공이 무생에게 모조리 빨려들어 갔다. 내공이 모두 사라지자 몸이 축 처지며 기절했다. 그냥 내공만 모조리 없애 버린 것이지만 다른 자들의 눈은 경악으로 물들었다.

"흐, 흡성대법!"

"그 저주받은 사공이 다시 나타날 줄이야!"

무림인들은 차마 무생에게 덤비지 못했다. 눈앞에서 본 흡성대법은 너무나 두려운 것이었다. 무생은 망설임 없이 등을 돌렸다. 무림인들은 무생이 등을 돌렸음에도 주춤거렸다.

"으하하하! 백도무림 놈들은 모두 겁쟁이로군!"

"상대할 가치도 없는 녀석들 같으니!"

진대정과 도진이 그렇게 말하고는 신법을 전개해 사라지는 무생의 뒤를 쫓았다.

콰가가광!

흑천문주는 무너져 내린 흑천문의 건물을 바라보았다. 강시가 날뛴 덕분에 불이 붙어 모조리 타오르고 있었다.

"크, 크흠. 그, 그러고 보니 흑천문은 정파가 아니었지."

"화를 좌초한 꼴이니 우리가 나설 필요도 없었네."

"사파끼리의 싸움에 백도의 검이 무에 필요할까."

그렇게 무림인들이 사라졌다. 모든 것을 잃은 흑천문주는 넋이 나갈 지경이었다. 그런 흑천문주의 뒤에 누군가 나타났다.

"흠, 강시들은 쓸 만하더구나."

"허, 허억! 도, 도, 독제!"

독제가 등장하자 흑천문주는 화들짝 놀라며 겁을 집어먹었다. 당연희가 악독한 자들에게 납치를 당했으니 자신은 이제 죽은 목숨이라 여긴 것이다.

"정 갈 곳이 없으면 사천으로 와라. 독곡 따위와는 비교도 할 수 없을 테니. 마교 놈들도 별 기대를 안 하고 있는 눈치고."

"저, 저. 어, 어르신……, 소, 손녀 분께서는……."

"그 아이는 이 독제의 손녀다. 스스로 알아서 할 것이다."

독제가 홀연히 사라지니 흑천문주는 더 넋이 나간 표정이 되었다.

"나보고 어쩌란 거야."

강시 하나가 튕겨져 나와 흑천문주의 앞에 떨어졌다. 직접 약을 바르고 애지중지하며 만들어낸 강시였다. 농사를 잘 지을 수 있도록 튼실한 시신을 썼는데 당연히 강시 특유의 독들은 일부러 배제시켰다. 독곡과의 협력으로 인한 결과였다.

'이 멍청한 놈이 겉멋만 들지 않았어도…….'

마교에 세력을 의탁하면서부터 자기가 마교인이라도 되는 듯 나대는 아들을 혼내지 못한 것이 이런 사태를 불러왔다.

흑천문주의 눈에 살짝 눈물이 맺혔다. 그간 버텨온 세월이 너무나 허무하게 느껴졌기 때문이다.

第十一章

고백

아직도 소란스러운 허창에서 벗어난 무생은 달빛 아래 드러난 호수의 앞에서 멈춰 섰다. 허창뿐만 아니라 주변 마을에서도 일부러 물을 길으러 오는 호수였다. 주로 약수로 이용하는데 물이 너무 맑아 물고기가 살지 않을 정도였다.

단숨에 그곳까지 도달하자 진대정은 마치 끔찍한 것이라도 든 것마냥 허겁지겁 당연희를 내려놓았다. 당연희가 자신을 바라보자 뒤로 주춤 물라났다. 그것은 도진 역시 마찬가지였다.

"제 미색이 어떻고 하시지 않았나요?"

"하하하……, 내게는 두 부인이 있소. 부인! 보고 싶구려! 내가 타지에 나와 이렇게 고생이오."

진대정은 거의 통곡할 기세였다. 도진은 헛기침을 하며 조용히 물러났다. 당연희가 무생을 바라보자 무생은 얼굴을 드러내었다.

"오랜만이에요. 무 공자."

"그렇군."

"사천에 오시지 그러셨어요."

당연희가 애절한 눈으로 무생을 바라보았다. 무생은 당연희의 그런 눈빛에 적응이 되지 않았다. 감정이란 것을 회복한 무생은 당연희가 자신을 어떻게 생각하고 있는지 알 수 있었다.

"조금 성장한 것 같군."

무생의 말에 당연희는 아름다운 미소를 지었다.

"무 공자 역시 조금 달라지셨네요."

"그런가."

무생은 작은 미소를 지었다. 달빛을 받으며 드러난 무생의 미소는 과연 환상이라 부를 만했다.

"역시 마교로 들어가려 하시는 건가요?"

"알고 있었나?"

"추측했을 뿐이지만 지금은 확실해졌어요."

무생은 고개를 끄덕였다. 당연희는 똑똑한 여자였다. 처음 봤을 때보다 무공도 굉장히 성장해 있었고 사람의 그릇 자체가 달라졌다. 그동안 얼마나 피나는 노력을 했는지 알려주는 부분이었다.

"큰 형님."

도진이 무생을 불렀다. 그러더니 술 한 병을 꺼냈다. 흑천문에서 슬쩍해 온 고급술이었다. 진대정이 어느새 커다란 멧돼지 한 마리를 잡아와 바닥에 내려놓았다.

"좋은 만남에는 좋은 술과 음식이 최고지요. 하하하!"

진대정은 호탕하게 웃으며 그렇게 말했다. 무생은 그 모습을 보면서 고개를 설레 내저었다.

늘 그렇듯 무생이 직접 멧돼지를 다듬었다. 요리 재료를 다듬을 때 쓰는 단검은 인외지물이었고 무생의 손에 들려지니 멧돼지는 그 자리에서 피가 식기 전에 해체되었다.

딱히 불을 피울 필요가 없었다. 무생은 염강기를 일으키며 고기를 알맞게 즉석에서 구워 버렸다. 도진이 나무를 깎아 술잔을 만들어 모두에게 건넸다.

"크으! 풍경 좋고 술맛도 좋군!"

진대정은 진정으로 행복한 모습이었다. 객잔에서 머물지는 못했지만 진대정과 도진, 그리고 무생은 그런 것을 신경 쓰는 자들이 아니었다. 하늘이 지붕이고 산, 나무가 벽이니 누우면 그곳이 바로 집이 되는 것이었다.

무생은 조용히 술잔을 들이켜다가 자신을 바라보고 있는 당연희와 눈을 맞추었다.

“독제를 만났다.”

“네. 저도 봤어요.”

“널 걱정하더군. 그만 돌아가거라.”

무생이 그렇게 말하자 당연희이 얼굴에 슬픈 기색이 가득했다. 당연희는 무생의 옷깃을 잡았다. 당연희의 분위기가 심각해지자 진대정과 도진은 눈치를 슬슬 보더니 자리를 피해주었다.

당연희는 결심을 굳히더니 무생과 눈을 맞추었다.

“무 공자. 연모하고 있어요.”

“알고 있다.”

무생은 담담히 그렇게 말했다. 사람이 사람을 좋아하는 것은 자연스러운 일이었다. 하지만 무생은 어느 순간부터 스스로를 사람이라고 생각하지 않았다. 스스로의 감정도 모르는데 타인의 감정을 알 리 없었다.

하지만 지금은 달랐다. 무생록을 완성하기 위해서는 인형이 아니라 인간이 되어야 했다. 인간으로 죽는 것이 바로 무생록의 최종 단계가 될 것이다.

"나는 마음이 무엇인지 아직 잘 모른다. 그리고 그것을 알며 살아갈 자신도 없지."

"무 공자……."

사람은 죽게 마련이다. 모두가 다 떠나간다. 광노와 검노, 뇌노도 그러했다. 무생이 그들을 담담하게 떠나 보낼 수 있었던 것은 언젠가 사라질 것을 알고 있었기 때문이다. 눈앞에 있는 모두가 다 스쳐 지나가는 바람처럼 사라질 것이다.

무생이 이런 인연에게 줄 수 있는 것은 작은 호감과 관심뿐이었다.

"마음은 안다고 해서 존재하는 것이 아니고 모른다고 해서 없는 것이 아니에요. 그냥 느끼는 거지요. 슬프고 분노하고 자연스럽게……."

"똑똑하군."

"처음에는 작은 홍미 정도로 생각해 주세요."

당연희는 무생에게 그렇게 담담한 어조로 말했다. 그리고 자리에서 일어났다. 술잔을 한 번에 들이켜더니 다시 무생에게 시선을 옮겼다.

"지금은 물러나지만 다음에 만날 때는 놀라게 될 거예요."

당연희가 선언하듯 그렇게 말했다. 무생의 눈이 조금 크게 떠졌다. 그리고 피식 웃으면서 고개를 설레 저었다.

"네가 날 놀라게 한다면 조금 색다르긴 하겠군."

"기대하세요."

당연희가 그렇게 말하고는 지체 없이 신법을 써서 사라졌다. 무생은 당연희가 다음에 어떻게 자신을 놀라게 할지 기대가 되었다.

"후우, 갔군요."

"다행입니다."

당연희가 사라지자 진대정과 도진이 나타났다. 안도의 한숨까지 내쉬며 간신히 살았다는 표정을 지었다. 무생은 조용히 웃으며 술잔을 들었다.

이렇게 여유를 음미하는 것도 상당히 괜찮은 기분이었다. 흥미로운 것이 생기고 놀라는 일이 생기는 것이 바로 삶이었다.

"이 정도 난리 쳤는데 마교에서 반응이 없으면 그냥 쳐들어갑시다! 형님!"

"근 시일 내로 접근해 올 것이라 생각합니다만……, 그렇지 않을 경우에는 그것도 괜찮겠지요."

무생 역시 진대정과 도진의 의견에 동의했다. 그간 제법 홍이 돋은 덕분에 이런 수고를 마다하지 않았지만 반응이 없을 경우에는 그냥 마교 정문을 뚫고 들어가 보는 것도 나쁘지 않을 것 같았다. 구석구석 살필 기회는 없겠지만 그래도 전체적인 것은 파악할 수 있을 것이다.

마교가 큰 재앙을 피하는 길은 하루 빨리 삼마신에게 접촉하는 일뿐이었다.

*　　*　　*

우려했던 것과는 달리 허창 강시 사건이 있고 난 며칠 뒤에 바로 접촉이 있었다. 화살에 전갈을 달아 날렸는데 그것을 도진이 잡아챘다.

입마대전이 열리니 스스로 마를 추구하는 자들을 환영한다는 말이었다. 무생은 왠지 마로서 인정받은 것 같아 묘한 느낌이 되었다. 진대정과 도진은 이렇게 진지하게 권유하는 전갈을 받으니 성취감이 물밀듯 밀려오고 있었다.

"삼마괴인이라……, 너무하는군."

진대정이 인상을 찌푸렸다. 마교가 입마대전에 들 것을 윤허하는 전갈에는 셋을 삼마괴인이라 칭하고 있었다.

무생은 바로 전갈에 적힌 곳으로 움직였다. 입마대전이 열리는 곳은 십만대산의 초입으로, 사람의 발길이 전혀 닿지 않은 곳이었다. 설사 실력에 자신이 있는 무림인들이라도 십만대산은 피해갔는데 바로 그곳에 마교가 있다는 이야기 때문이었다.

감히 마교의 영역으로 들어갈 간 큰 무림인은 존재하지 않았다.

"십만대산을 뒤지는 수고를 덜었군."

입마대전에 참가할 수 있게 되어 마교를 정면에서부터 뚫고 들어간다는 계획을 보류할 수 있었다. 하루만 더 늦게 왔더라면 무생은 분명히 그리 했을 것이다. 광노가 마교를 부탁했으니 얼마나 쓸 만한 집단인지 모조리 두들겨 판단한 다음 수정을 가했을 것이다.

지금은 입마대전을 통해 들어가 마교를 천천히 살펴보는 것으로 계획이 정해졌다.

"으하하하! 옥녀단! 그 천계의 풍경을 내 눈으로 볼 수 있다니!"

"아직 입마대전을 통해 마교인으로 인정받은 것은 아니지만……."

진대정의 말에 도진이 그렇게 말하다가 끝을 흐렸다. 염마지존, 녹왕 그리고 자신이라면 입마대전은 물론이고 마교대회도 싹쓸이할 수 있을 것 같았기 때문이다.

염마지존과 녹왕이 있으니 화경을 이룬 도진이 약골 취급받고 있는 형국이었다. 때문에 무생은 약한 도진에게 책

사라는 지위를 맡긴 것이다.

무생은 현경 정도 되어야지 그나마 괜찮다는 생각을 가지고 있었다. 나름 그 실력이 괜찮다고 생각하는 독제가 현경의 중반을 넘고 있었으니 말이다.

십만대산으로 가는 길은 생각보다 지루했다. 인적이 드물었고 민가는 찾아볼 수조차 없었다. 나무들은 기이하게 컸으며 조금 어두운 느낌이 들 정도였다.

"형님, 저기인가 봅니다."

알려준 대로 오다 보니 허름한 객잔이 보였다. 다 쓰러져가는 객잔이었는데 주변의 분위기와 어울려 상당히 음침해 보였다. 귀신이 나온다고 해도 전혀 이상하지 않을 것 같은 그런 곳이었다.

그곳이 바로 입마대전에 참가하기 위해 각지에서 몰려온 자들이 잠시 머무는 곳이었다. 마교는 비밀에 쌓여진 집단이었기에 사람을 모으는 것도 상당히 은밀했다. 마교에 대한 환상을 품고 있는 사파인이나 낭인 고수들이 몰려와 벌써부터 객잔은 기세가 넘실거렸다.

진대정이 먼저 객잔의 문을 열고 안으로 들어섰다. 도진이 그 뒤를 따랐고 마지막에 무생이 들어왔다. 그러자 객잔에 앉아 있던 모든 이가 그들을 노려보았다.

살기 섞인 기세를 내뿜으며 압박하려 하고 있는 것이다.

하지만 저들의 태도는 너무나 우스웠다. 녹왕 진대정에게는 그저 강아지의 재롱일 뿐이었다.

"조무래기밖에 없군."

진대정이 그렇게 말하며 기세를 일으키자 몇몇 자가 뒤로 튕겨져 나갔다. 걸어온 내공 싸움을 너무나 간단히 승리한 것이다. 장내에 있던 자들은 놀라면서 시선을 돌렸다.

"형님, 제일 좋은 자리로 가시지요."

"음."

진대정이 뚜벅뚜벅 걸어 가장 좋은 위치에 있는 큰 자리 앞으로 갔다. 그곳에는 덩치가 산만 한 자들이 앉아 있었는데 진대정을 바라보며 비웃음을 머금었다.

"실력이 제법 있다고 소란피우지 말거라. 우리가 누군 줄 알고 시비를 거는 것……."

퍼억!

진대정이 주먹을 휘두르자 덩치 하나 크게 뒤로 날아가 벽에 처박혔다.

"감히!"

"우리가 누군 줄 아느냐!"

덩치들이 자리를 박차고 일어나려 했지만 결코 그렇게 할 수 없었다. 무생이 기세로 그들을 내리 누르고 있기 때문이었다. 그들은 식은땀을 삘삘 흘렸다.

"자리를 양보해 주게나."

"우, 우리도 자, 자존심이 있소."

"자존심이 목숨을 구해주지는 않지."

무생이 차갑게 말하자 덩치들은 몸을 떨면서 고개를 끄덕였다. 무생의 모습은 잔학무도한 사파인이었다. 이런저런 서적을 읽어왔던 것이 많은 도움이 되었다.

좀 더 강렬한 인상을 남기기 위해 도진이 무생의 얼굴을 넝마로 가렸고 날카로운 장신구들로 치장시켰다.

무생은 나름 그 분위기에 맞는 모습을 선보여 주었다. 하다 보니 스스로도 상당히 재미를 느꼈다.

"크, 크흠……."

"대단한 자들이 왔군."

이쯤 되자 주변에 있던 자들은 인정할 수밖에 없었다. 근방에서 유명한 고수들이 꼬리를 말고 다른 곳으로 자리를 옮겼기 때문이었다.

객잔에 모인 자들 사이에 은연중 서열이 정해졌다. 당연히 그들 중에 무생을 넘볼 수 있는 자는 존재하지 않았다.

"형님, 앉으시지요."

무생이 앉자 진대정과 도진이 앉았다. 싸늘한 침묵이 내려앉았다. 침묵을 깬 것은 객잔으로 들어온 검은 무복을 입은 자였다. 얼굴을 복면으로 가리고 있었는데 마교인임을 누구라도 알 수 있었다.

"잘 오셨소. 본인은 이번 입마대전을 주관할 흑수이오."

"음영살행 흑수!"

"과연……!"

흑수가 자신을 그렇게 소개하자 주변에서 감탄성이 새어 나왔다. 음영살행 흑수는 살수로서 열손가락 안에 드는 고수였고 그런 고수가 입마대전을 주관한다고 하니 장내는 긴장감으로 달아올랐다.

"일단 이곳에 온 이상 그 누구도 함부로 벗어날 수 없소. 벗어난 자들에게는 지독한 죽음만이 기다리고 있을 뿐이오."

흑수가 그렇게 말하자 고요함이 자리 잡았다. 무생은 흑수를 바라보다가 시선을 돌렸다. 고수이기는 하지만 도진보다 약했고 흥미를 잡아끄는 점이 없었다. 진대정도 딴청을 피웠다. 단지 도진만이 흑수의 말에 집중할 뿐이었다. 형님들이 흑수의 말을 듣지 않을 것이 뻔하니 자신이 기억해 놓고 설명해 주기로 마음먹은 것이다.

흑수가 말을 다시 잇기 시작했다.

"입마대전은 서로의 무를 겨루는 그런 대전이 아니오. 단지 살아남아 입마를 하느냐, 죽어서 짐승의 밥이 되느냐. 그것을 가리는 시험이오."

"뭐 어떻게 하라는 건가?"

진대정이 삐딱하게 앉아 질문하자 흑수의 눈썹이 꿈틀거렸다.

"설명해 주겠소. 시험은 이곳에서 빠져나가 목적지까지 도달하는 것이오. 목적지에 최종 시험관이 있소. 그자를 살아서 찾아가면 입마의 자격을 얻을 수 있는 것이오."

예로부터 입마대전은 몇 가지 형태를 가졌는데 일반적인 경우에는 대련을 통해 인원을 뽑지만 특수한 상황일 경우에는 이런 식으로 인원을 뽑았다. 악랄하기 그지없는 시험이라 절반만 통과한다고 해도 굉장히 잘한 것이었다.

흑수는 이들 중 살아남을 수 있는 자가 이미 보였다. 오랜 경험을 통한 안목이었다.

"서로 말은 나누지 않는 것이 좋을 것이오. 누가 죽을지 모르니 말이오."

흑수는 그렇게 말했다. 싸늘한 흑수의 말은 충분히 두려움을 주었다. 입마대전을 통과하게 되면 마교에 입교하여 한 자리 차지하게 될 테지만 그러기 위해서는 목숨을 걸어야 했다.

"목적지는 가장 높은 곳에 있는 절벽이니 알아서들 오시오."

흑수가 그렇게 말하며 어둠 속으로 사라졌다. 살수답게

기척 없이 사라지는 모습은 굉장히 불길했다.

'너무 쉽겠군.'

지금 당장이라도 도달할 수 있으니 싱겁게 느껴질 정도였다.

"적당히 맞춰주면 되지 않겠습니까?"

도진이 그렇게 말하자 진대정이 고개를 끄덕였다. 어쨌든 마교에서 성심성의껏 준비한 입마대전이니 적당히 어울려 주며 도달하는 것이 모양새가 가장 좋을 것이다.

무생이 자리에서 일어나려고 할 때 먼저 일어나는 자가 있었다.

第十二章

입마대전

자리에서 일어난 자는 중년의 사내였다. 후덕한 인상이었는데 사파보다는 정파 쪽에 가까운 인상이었다.

"나는 진개라 하오. 음영살행이 그런 말을 하긴 했지만 우리 모두 힘을 합하는 것이 어떻겠소? 목적지까지 힘을 합쳐 도달하면 그만이니."

"네놈을 어떻게 믿고 그럴 수 있나. 진개라면 색을 밝히기로 유명한 색마가 아닌가."

"내 비록 색마이기는 하나 의리를 아는 자이오."

"흥, 필요 없소. 나는 내가 알아서 갈 것이오!"

그렇게 말하며 남자 하나가 객잔 밖으로 나가자 모두가 자리에서 일어났다. 진개는 별다른 말을 하지 않고 등을 돌려 나갔다.

"색마 따위가 말을 걸다니 최악이군."

얼굴을 가린 몇몇의 여인 역시 밖으로 나갔다.

그러자 객잔에 남은 것은 무생과 진대정, 도진뿐이었다. 무생은 자리에서 일어나며 입을 떼었다.

"저들을 어떻게 생각하나?"

"우리처럼 악명을 떨친 자들입니다. 하나같이 사악한 놈들뿐이지요."

도진이 나름 객잔 안에 있던 자들을 분석했는지 그렇게 말해주었다. 무생은 작게 고개를 끄덕였다. 저들에게서 나는 혈향과 살기는 결코 보통 사람이 가질 수 있는 것이 아니었다.

"위에서 보도록 하지."

무생이 그렇게 말하자 진대정과 도진이 고개를 끄덕였다. 딱히 같이 갈 필요성을 느끼지 못했다. 무생은 그저 산책하는 느낌으로 밖으로 나갔다. 진대정은 크게 하품을 하더니 사라졌고 도진 역시 그 뒤를 따라 사라졌다. 제일 마지막에 출발한 자는 무생이었다.

무생은 천천히 산을 바라보았다.

'괜찮은 산이군.'

약한 음기가 많은 산이기는 하지만 황산에 비교해도 전혀 꿇림이 없었다. 무생은 고개를 들어 제일 높은 봉우리를 쳐다보았다. 그곳은 절벽처럼 깎여 있었는데 바로 입마봉이었다.

직책을 부여받는 마교인이라면 누구나 입마봉에 오른 경험이 있어야 했다. 강한 자가 살아남는다는 마교의 기본 원칙상 약한 자는 낙오될 수밖에 없었다.

무생은 천천히 산책하듯 산을 올랐다. 입마대전이 무슨 의도인지는 모르지만 과반수가 넘게 탈락할 것임을 직감했다. 객잔에 가득 찰 정도로 인원이 몰려 있었으니 어림잡아도 육십이 넘어갔다. 입마라는 것은 마교에서 인정받기 위해 넘어야 하는 관문이었다. 마교에서 직책을 주는 만큼 까다로운 선발 기준을 가지고 있을 것이다.

'목적지에 도달하는 것이 시험이 아니라 목적지까지 가는 과정을 보는 것이겠군.'

입마에 들지 못하는 자는 죽음뿐이었다. 애초에 객잔으로 불러들일 당시 죽음을 두려워하면 오지 말라는 글귀가 적혀 있기는 했다. 그 글귀가 호승심을 자극해 더 몰려오게 만들었지만 말이다.

각지에서 악명 높은 고수들이었으나 과연 그들 중 몇이

마교에 발을 붙일 수 있을지 의문이었다. 더군다나 이번에는 마교가 특별히 엄격하게 진행하고 있으니 더욱 그랬다.

무생은 여유롭게 산을 올랐다. 정해진 시간이 없으니 천천히 가도 상관없었다. 잔인한 기문진이 설치되어 있었지만 무생에게는 영향이 없었다. 암습을 위해 설치해 놓은 덫도 천천히 빗겨가니 무생은 현재 굉장히 평화로웠다.

기문진을 지나던 무생은 그것이 수준 이하인 것이 마음에 들지 않았다. 간단한 환영이나 안개를 불러내는 수준이었는데 적어도 광노가 부탁한 마교라면 이것보다 훨씬 나아야 한다고 생각했다.

무생은 간단히 돌의 방향을 바꾸며 기문진을 조작했다. 여기저기 다시 배치를 한 다음 나뭇가지를 땅에 꽂자 전혀 새로운 형식의 기문진이 탄생되었다.

"괜찮군."

전에는 단순한 환영을 보여주는 것이었다면 지금은 그 환영이 육체에 큰 영향을 미칠 수 있는 수준이 되었다. 주변에 안개가 자욱하게 끼기 시작했다. 무생은 그 모습에 작게 만족했다.

"조금 더 쓸 만하게 만들어도 되겠지."

무생은 금세 빠져들기 시작했다. 지루하던 차에 잘되었다고 생각했다. 그는 몰랐다. 앞으로 불러올 사태를 말이다.

*　　*　　*

마교의 입장에서 이번 입마대전은 제법 신중하게 결정한 일이었다. 마교의 교주는 대대로 천마라 불렸지만 천마신공을 잃고 난 후부터 그 명칭도 같이 잃었다. 현 교주는 천마신공을 복원하기 위해 수련에만 몰두했고 마교의 모든 것을 자신의 두 자식에게 맡겨두었다.

하나가 마교의 소교주였고 다른 하나가 바로 마교의 운영적인 부분을 담당하고 있는 마화 단수진이었다. 단수진은 소교주의 누나로 재능적은 부분에서는 오히려 단마현을 뛰어넘을 정도였는데 무공 역시 그러했다. 이번 입마대전은 단수진이 직접 연 것이었다.

'적어도 눈치 보지 않을 정도로 세를 키워야 해.'

백도무림에 밀리는 추세라 자칫하면 정마대전이 일어날 수도 있었지만 다행히 무생신교가 중심을 잡아줘서 그러한 사태는 일어나지 않았다. 일이 그렇게 되다 보니 마교에서는 무생신교의 눈치를 살피는 추세였고 단수진은 그것이 마음에 들지 않아 입마대전을 열어 고수들을 보충하려 했던 것이다.

단수진은 객잔에서 입마대전 참가자 신분으로 모인 자들

중 쓸 만한 인재를 물색했다. 단수진이 직접 참여하여 참가자의 모든 것을 평가하고 있는 것이었다.

[준비되었습니다.]

흑수의 전음이 들려오자 단수진은 고개를 끄덕였다. 이번 입마대전에 단수진 휘하 직할대가 모두 동원되었다. 특히 흑살단은 단수진의 손발이나 마찬가지였다. 모두 절정고수였고 마교의 백팔지옥을 통과해 살수가 된 정예들이었다.

단수진은 참가자들 사이에 섞여 입마봉을 향해 올랐다. 단수진이 신호를 보내는 순간 지옥도가 펼쳐졌다. 준비해 놓은 함정과 기문진, 그리고 흑살단의 암습은 절정에 이른 고수라도 막아내기 힘든 것이었다.

"사, 살려줘!"

"젠장!"

함정을 구별하고 암습을 이겨낼 능력이 없다면 이곳에서 죽어야 했다. 마교를 한 번 알게 되면 결코 살아서는 벗어날 수 없었으니 낙오된 자들에게는 죽음뿐이었다.

"커어억!"

단수진이 암기에 당해 고통스러워하는 남자의 목숨을 친히 끊어주었다. 광동에서 이름 날리던 고수였으나 마교에 발을 붙이기에는 모자란 실력이었다.

단수진이 신법을 전개하려 할 때 그녀를 뒤쫓는 자가 있었다. 단수진도 알고 있는 자였다. 좋은 인상에 특수한 사공을 익히고 있는 진개였다. 진개는 비수를 본신무공으로 쓰는 자였지만 비수보다는 색마로서 유명했다.

"안개가 짙구려. 그렇지 않소?"

진개는 사람 좋은 미소를 지으며 단수진에게 다가왔다. 진개가 고수이기는 하나 단수진의 경지에는 비할 바가 아니었다. 게다가 주변에 자신을 보호하는 그림자들도 있으니 단수진은 진개 따위에게는 신경도 쓰지 않았다. 그의 악명을 보고 뽑은 것이지만 입마대전에서 자연스럽게 탈락해 죽을 것이 뻔했기 때문이다.

"어차피 목적지는 같으니 나와 같이 가지 않겠소?"

진개는 그렇게 말하며 품에 손을 넣었다. 독을 바른 비수를 준비하는 것이었다. 그것은 극독이었는데 춘약과 섞어 놓아 비수에 당하게 된다면 서서히 고통 속에 죽어가게 되었다. 진개는 그것을 즐겼다.

그러나 단수진은 진개를 쳐다보지도 않으며 지나쳤다.

"건방진 년!"

단수진이 무시하자 진개는 비수를 꺼내 던졌다. 당연히 그것이 닿을 리 없었다. 단수진이 가볍게 손을 휘저어 비수를 잡아 들자 진개의 안색이 새파랗게 변했다.

"아, 하하하. 오, 오해가 있었소."

진개는 단수진이 상당한 고수라는 것을 깨닫고 뒤로 주춤 물러났다. 진개의 무공 수위로는 가능성이 없기에 단수진은 굳이 자신의 손을 더럽히기는 싫었다. 어차피 입마봉으로 가는 길에 있는 함정이나 흑살대에게 당할 것이 뻔했다.

'으흐, 도도한 것!'

진개가 단수진의 눈치를 보며 기회를 노리려 할 때였다. 갑작스럽게 안개가 진해졌다. 바로 앞이 안 보일 정도로 안개가 진해지자 단수진은 당황할 수밖에 없었다.

'진법이……?'

안개가 마치 살아 있는 듯 주변의 기척을 지웠다. 주변에 퍼져 있던 흑살대와 단수진의 그림자들도 크게 당황하며 빠르게 단수진의 기척을 찾았다. 하지만 그럴수록 안개가 더욱 진해져 아무것도 느낄 수 없었다.

단수진이 주변을 살피며 안개에 대해 의문을 가질 때였다.

"으흐!"

갑작스럽게 뒤에서 들리는 목소리에 단수진은 빠르게 내공을 끌어 올리며 방어 초식을 취했다. 짙은 안개 속에서 단수진을 우연치 않게 발견한 진개가 빠르게 품에서 비수를 꺼내 휘둘렀다.

휘익!

단수진이 권장을 뿜어내며 진개의 사혈을 강타했지만 진개의 모습이 흐릿하게 사라졌다.

'환영?'

순간 단수진의 옆으로 비수가 스쳐 지나갔다. 진개가 반쯤 실성하며 마구잡이로 내공을 뿜어내고 있었다. 안개 속에서 무언가 끔찍한 것을 본 모양이다.

"큭!"

단수진은 재빨리 점혈하여 독 기운이 퍼지는 것을 막았다. 내공을 끌어 올려 독을 중화시키는 데 총력을 다했지만 문제는 진개였다.

"크, 크으아아아! 오지 마!!"

진개는 선천지기까지 모조리 일으키며 마구잡이로 비수를 던졌다. 진개의 그런 공력에 독 기운을 몰아내고 있던 단수진의 몸이 흔들렸다.

'이런……!'

단수진은 생전 처음 두려움을 느꼈다. 마교 안에 있을 때면 늘 자신을 보호하는 그림자들이 따라다녔고 흑살대를 호위무사로 쓰고 있었다. 마교 안에서는 절대적인 안전이 보장되었기 때문에 두려움을 느낄 일은 없었다.

하지만 안개 때문에 스스로가 위험에 노출되니 그런 감정을 느낀 것이다. 단수진은 신법을 전개하며 피하려 했지만 주변에서 생겨난 환영 덕분에 무엇이 진짜 진개인지 알 수 없었다.

진개의 비수가 단수진에게 꽂혀 들어가려 할 때였다.

팅!

무언가에 부딪힌 듯 비수가 더 이상 나아가지 않았다. 단수진이 천천히 고개를 들어 정면을 바라보니 한 사내가 그 자리에 서 있었다. 그는 산책이라도 나온 듯 여유로운 몸짓으로 진개를 바라보고 있었다. 진개가 달려드는 순간 사내의 몸이 흐릿했다. 단수진이 그 모습을 잠시 놓칠 정도로 사내의 몸놀림은 빨랐다.

쾅!

진개가 뒤로 길게 튕겨져 나가 나무에 부딪히며 쓰러졌다. 사내는 진개를 바라보다가 단수진에게 시선을 돌렸다. 사내가 나타나자 안개는 옅어졌고 다시 주변의 기척이 느껴졌다.

독 기운을 간신히 몰아내고 있던 단수진은 긴장하며 사내를 바라보았다. 사내의 모습은 전형적인 사파인이었는데 얼굴을 넝마로 가린 것을 보니 큰 흉터가 있거나 보기 안 좋을 것이 분명했다.

“약하군.”

사내가 단수진을 보며 그렇게 말했다.

“그 정도에 당해서야 저 위로 올라갈 수 있겠나?”

사내는 그렇게 말하며 단수진의 앞에 섰다. 사내가 손을 뻗어 어깨 위에 얹자 빠르게 독 기운이 사라져 갔다. 단수진은 놀라며 사내를 바라보았다.

‘도대체 어떤 수법을 쓴 것이지?’

사내는 아무것도 아니라는 듯 그대로 등을 돌렸다. 나타날 때와 마찬가지로 여유롭게 천천히 산을 오르기 시작했다.

[괜찮으십니까? 기문진에 이상이 있어 사람을 급파하여 해제시켰습니다.]

[난 괜찮으니 나서지 마라. 최소 인원만 남고 대기하도록]

[존명!]

단수진은 사내의 등을 바라보다가 그의 뒤를 쫓았다. 사내가 객잔에서 가장 좋은 자리를 차지하고 있었던 삼마괴인의 두목임을 알아차렸다. 삼마괴인은 요 근래 나타난 사파인 중에 가장 악독한 자들로서 얼마 전 흑천문을 멸문시키고 허창의 강시들을 풀어놓은 잔혹한 자들이었다.

그런 잔혹한 자의 두목이 자신을 구해주자 단수진은 호기심이 생겼다. 그리고 방금 전 보여주었던 그 한 수가 뇌리에 강렬히 남았다. 저 남자는 대단한 고수였다. 입마대전을 가볍게 통과할 정도로 말이다.

단수진이 사내와 거리를 좁히며 입을 떼었다.

"어째서 날 구해준 것이지?"

"색마가 마음에 들지 않았을 뿐이다. 그리고 여자가 당한 것을 알게 된다면 아우들이 난리를 칠 것이 뻔했다."

"……그런 단순한 이유로?"

사내는 그 어떤 사심도 없어 보였다. 아니, 아예 자신에 대해서 무심하다는 말이 옳았다. 스쳐 지나가는 나무와 똑같은 취급을 하고 있는 것이었다.

그녀는 사내에 대한 강렬한 호기심이 솟구쳤다. 그것 역시 생전 처음 느껴보는 감정이었다.

* * *

무생이 산을 오르며 한 일은 간단했다. 함정에 손을 대거나 기문진을 고치는 등의 일이었다. 때문에 무생이 지나간 자리에는 피바람이 불었다. 악명을 떨쳤던 흉악한 고수들이 통과하지 못할 만큼 지옥도로 변하기 시작했다.

단수진을 구해준 것은 그때쯤이었고 반쯤은 심심풀이였다. 이런 연약한 자가 입마봉에 올랐을 때 그 흑수라는 자의 표정을 보고 싶다는 이유도 있었다.

'도진과 어울릴지도 모르겠군.'

가장 주된 이유는 도진과 어울릴 것 같다는 느낌 때문이었다. 면사로 얼굴을 가리고 있기는 하지만 무생에게는 너무나 뚜렷하게 보였고 당연희에 비해 꿀리지 않는지라 무생은 도진을 챙겨주기로 했다.

진대정의 영향인지 여자가 허무하게 죽는 것도 보기 싫었다. 단순한 변덕일지도 모르지만 자신이 그리하겠다고 생각하는 것이 중요했다.

"찾았다!"

어느덧 산의 중반부에 도달했을 때 무생의 주변에 나타난 자들이 있었다. 객잔에서 무생을 눈여겨 본 자들이었는데 그 숫자가 열을 넘어갔다.

'이자를 제거하려 하는 모양이군.'

단수진은 저들의 의도를 어느 정도 이해했다. 삼마괴인의 무공이 높은 수준이니 마교에 입교하고 직책이 주어진다면 자신들보다 우위에 있을 거라 판단했을 것이다. 주어지는 직책은 정해져 있으니 셋을 제거한다면 위로 올라갈 확률이 더 높았다.

이들은 무생보다 일찍 위로 올라가 무생이 손을 보지 않은 함정을 피할 수 있었다. 때문에 지금 아래에 어떤 지옥도가 펼쳐지고 있는지 모르고 있었다.

“삼마괴인의 두목, 마준이라 하였나?”

정확히 말하자면 절대무적 삼마신 절대마존이었지만 그것을 다른 자들이 잘못 알아들어 삼마괴인 중 두목의 이름이 마준이라고 알려져 버린 것이다. 무생은 마음에 들지 않았으나 대꾸해 주고 싶은 마음이 없었다.

“너무 섭섭하게 생각하지 말거라. 마교는 강자지존이니 힘의 논리가 우선시되는 법!”

“아까 전에 날 모욕했겠다?”

그 사이에는 무생에게 찍소리도 못하고 물러났던 덩치들도 있었다. 모두 잔혹한 악행으로 유명한 고수들이었는데 무생을 바라보다가 단수진 쪽으로 시선을 옮기더니 음침하게 웃었다.

“죽기 전에 선물을 가져왔군!”

“객잔에서 눈여겨 봤는데 이렇게 마주칠 줄이야.”

“입마봉에 오르기 전에 호강하겠구나!”

그들은 침까지 질질 흘릴 지경이었다. 함정과 암습을 극복했다는 여유로움과 이제 곧 마교인이 된다는 기쁨 속에서 상당히 흥분한 눈치였다.

“다른 두 명 역시 똑같이 죽여줄 테니 걱정 말거라.”

“나한테 처음 찾아온 것인가?”

"그렇다!"

덩치의 외침에 무생은 살짝 고개를 끄덕였다. 저들에게는 다행일 것이다. 진대정이나 도진에게 먼저 찾아가지 않은 것이 말이다. 무생은 스스로 고문에 대한 취미가 없으니 적당한 고통을 주고 내쫓을 생각이었다.

'죽일 필요는 없겠지.'

무생은 관대하게 생각했다. 주제를 모르고 날뛰기는 하나 무생의 눈에는 귀여운 정도였고 이곳은 마교였다. 강자지존 약육강식이라는 말이 가장 설득력이 있는 곳이니 저들이 본성을 내보이는 것도 나쁘게 느껴지지 않았다.

'악당이라면 저 정도 배포는 있어야지.'

비굴하게 숨어서 뒤통수나 치는 것보다 저렇게 밝히며 앞에서 까부는 편이 보기 좋았다.

눈앞의 자들 외에 다른 이들이 숨어 있다는 것은 진즉에 알아챘다. 마교 쪽 인물들 같았는데 무생은 그들에 대해서는 신경을 쓰지 않기로 했다. 어차피 자신에게 별다른 영향을 미칠 자들은 아니었다.

"흐흐, 건방진 태도를 후회하거라!"

덩치가 그렇게 말하며 손에 들고 있는 거대한 도를 치켜들었다. 다른 이들도 그에 어울리는 각자의 병기를 들고는 내공을 일으켰다.

"뒤에 있거라."

무생이 단수진에게 그렇게 말했다. 단수진은 묘한 눈으로 무생을 바라보았다. 도대체 무슨 이유에서 자신을 보호해 주는지 이해할 수가 없었다.

'나에게 반한 것인가?'

그렇게 생각하는 순간 단수진의 얼굴이 살짝 붉어졌다. 어렸을 때부터 마교의 영광만을 위해 살아온 그녀가 감당하기에는 조금은 이른 감정이었다.

'아마 다 떨어졌겠지.'

무생은 진대정과 도진의 행동이 예상 가능했다. 올라오는 족족 다 박살 냈을 것이다. 물론 여고수라면 건드리지 않고 봐주었겠지만 말이다. 험악한 남자들과 어울릴 생각이 전혀 없는 그들이었기에 무생의 이런 생각은 정답이었다. 진대정과 도진은 입마봉과 가장 가까운 길목에서 모두 때려눕히고 있었다.

"저놈을 찢어버리자!"

"쳐라!"

모두 무생을 향해 신법을 전개하며 달려들었다. 무생은 그들의 모습을 눈에 담았다. 공중에서 뛰어오는 자들, 양옆에서, 그리고 정면에서 오는 자들의 모습이 정지된 것처럼 느리게만 보였다.

무생이 할 일은 간단했다. 땡중은 늘 주먹으로써 사람을 구제한다고 말했다. 언젠가 강도들을 죽을 때까지 후려 패기에 그것이 어떻게 구제냐고 묻자 땡중은 시원한 웃음을 그리며 이렇게 말했다.

"죽을 만큼 아플 때는 인생을 후회하며 스스로를 구제하곤 하지. 그렇지 않은 구제불능이라면 죽어야지 뭐 어쩔 수 있나. 허허허!"

사람이 아프면 반성한다는 말이었다. 무생은 땡중의 아주 아픈 주먹질을 빌려오기로 했다.

무생의 몸이 흐릿해지더니 사라졌다. 달려들던 자들이 모두 당황하며 무생의 모습을 찾으러 애쓸 때였다. 무생이 덩치의 앞에 갑작스럽게 나타났다.

"뭐, 뭣! 커억!"

무생이 주먹이 덩치의 거대한 도와 마주치는 순간 도가 박살 나며 주변을 향해 튕겨져 나갔다. 거기에서 끝난 것이 아니었다. 무생의 주먹이 더 나아가 덩치에게 닿았다.

쿵!

덩치의 몸이 공중에 크게 들리며 육중한 소리를 내뿜었다.

펑! 펑 퍼퍼퍼퍽!

무생의 주먹이 덩치의 몸에 꽂혀 들어갔다. 느릿하고 묵직한 타격이었지만 점차 그것에 속도가 붙기 시작했다.

구제신권(救濟神拳).

장삼봉에게 영향을 주었다는 구제신권이 십만대산에서 펼쳐졌다. 장삼봉이 무당파를 세울 때 이것을 소림에는 없는 권법이라 하여 크게 감명받았다고 전해지는 전설 속의 권법이었다.

"끄아아아악!"

덩치가 비명을 질러댔다. 죽을 만큼의 고통을 느끼면서도 기절할 수가 없었다. 구제신권은 철저히 고통으로써 뉘우치게 만드는 불가의 권법이었다. 거기에 은연중 무생의 선천지기까지 더해지니 그 효과는 배가되었다.

무생의 주먹이 끊이지 않고 덩치를 가격했다. 덩치는 철저한 몸부림 속에서 비명만 지를 수밖에 없었다. 그 광경을 보던 다른 자들이 굳어졌다. 너무나 잔혹한 광경에 도저히 덤빌 수가 없던 것이다.

털썩!

무생이 주먹을 내리자 덩치의 몸이 바닥에 떨어졌다. 마치 죽이라도 된 듯 바닥에 딱 붙어 있는 모습은 처량하기 그지없었다.

"상쾌하군."

무생이 그렇게 말하자 모두가 섬뜩함을 느꼈다.

"앞으로 아홉 번만 더 하면 되겠어."

무생이 다음 대상을 찾기 위해 시선을 돌린 순간 그들 모두가 움찔했다. 무생의 주먹이 움직일 때마다 눈 뜨고 보기 힘든 광경이 펼쳐졌다. 내공을 끌어 올려 대항하려 했지만 그럴수록 고통만 가중될 뿐이었고 눈물을 흘리며 삶을 후회하고 나서야 무생의 주먹이 멈춰 섰다.

"도, 도망쳐!"

"제, 젠장!"

고통을 견지 못한 자들이 산 밑으로 도망치기 시작했다. 지금 그들은 입마대전이나 마교를 생각할 수 없었다. 끔찍한 광경에서 벗어나고 싶을 뿐이었다.

하지만 그들은 몰랐다. 무생에 의해 만들어진 지옥이 자신들을 기다리고 있음을 말이다.

'과, 과연! 아, 악독한 자로군.'

단수진은 무생의 수법을 보며 그렇게 생각했다. 마교에 너무나 잘 어울리는 악독한 자였다. 저 정도 수를 아무렇지도 않게 쓰는 자라면 충분히 백도무림에 강한 두려움을 부여할 수 있을 것 같았다.

단수진은 삼마괴인의 두목 마준이 마음에 들기 시작했다. 자신이 찾고 있던 그런 악독한 자였다.

第十三章

마교

무생이 입마봉에 도착하자 진대정과 도진이 기다리고 있었다. 진대정과 도진 뒤에 얌전히 서 있는 여고수들이 있었는데 무생의 예상대로였다. 남자는 단 한 명도 존재하지 않았다. 진대정과 도진이 모조리 격퇴시킨 것이었다.

뒤에 따라온 단수진은 숫자가 생각보다 적자 황당함을 감출 수 없었다. 이번 입마대전은 절정을 상회하는 고수라면 통과할 수 있을 정도였다. 적어도 스물은 넘길 것이라 생각했지만 무생을 포함해 고작 다섯밖에 없었다.

“형님 오셨습니까?”

"가장 좋은 자리를 맡아 놓았습니다."

진대정과 도진이 무생을 보자마자 그렇게 말했다. 무생이 작게 고개를 끄덕이며 다가가자 진대정은 무생의 뒤에 있는 단수진을 보며 감탄했다.

"역시 형님께서는 대단하십니다."

"과연! 큰 형님께서 느리게 올라오신 이유가 있었군요."

진대정과 도진은 무생에게 진정으로 감복한 눈치였다. 단수진은 그 모습을 보고 당혹감을 감출 수 없었다. 그 쟁쟁하던 고수들이 모조리 탈락했고 남아 있는 자들은 삼마괴인과 두 여인뿐이었다. 두 여인은 단수진이 평가할 때 가장 조기에 떨어질 자로 보였는데 애석하게도 진대정과 도진의 눈에 띄어 이렇게 입마봉에 있는 것이었다.

'도대체 어떤 자들이란 말인가.'

단수진은 머리가 아파 옴을 느꼈다. 각별히 신경 써서 행한 입마대전이 이런 식으로 진행될지는 그녀 역시 예상치 못했다.

'하지만 규율은 규율이니…….'

저 밑에서 아직까지 살아 있는 자들은 마교의 평교인으로 받아주면 될 터였다.그렇게 생각하자 답답했던 마음이 조금 사라졌다.

"크, 크흠! 수고들 하셨소."

흑수가 나타나며 그렇게 말했다. 흑수 역시 예상치 못한 결과에 당황했지만 가까스로 그것을 티내지는 않았다. 흑수가 나타났음에도 진대정은 심드렁한 표정을 지었고 도진은 살짝 시선을 줄 뿐이었다. 무생은 관심이 없어 입마봉의 아래를 바라보고 있을 뿐이었다.

"크흠! 입마봉에 올랐으니 마교의 일원으로서 인정받게 된 것이오. 얼마 뒤에 각자에 맡는 직책을 줄 것이니 마교로 입교하여 대기하시오."

누구도 관심 없는 흑수는 말을 끝내자 단수진을 바라보았다.

[당분간 이들을 살펴볼 것이다.]

단수진은 기왕 이렇게 된 거 조금 더 지켜보고 계획에 맡는 직책을 부여하기로 했다. 본래 이런 일은 단수진 밑에 있는 자들이 하는 것이었지만 단수진은 무생에 대한 호기심에 스스로 하기로 결정했다.

"따라오시오."

흑수가 그렇게 말하며 앞장섰다.

"으흐, 드디어 옥녀단을 볼 수 있겠군."

"결코 노력은 배신하지 않는군요."

진대정과 도진이 그렇게 말하며 따라가자 무생의 뒤에 있던 단수진은 더욱 복잡한 마음이 되었다. 옥녀단은 아름답기로 유명했지만 그만큼 치명적인 여인들이었다. 오직 교주에게만 충성을 바치기 때문에 단수진이 꺼려하는 자들이기도 했다.

'정말 괜찮을까? 이자들.'

단수진의 마음이 흔들렸다. 장로들도 기울어가는 마교의 위세에 이번 입마대전에 큰 기대를 걸고 있었다. 신흥 고수들이 들어와 정체되어 있는 마교에 큰 활력을 불어넣을 것이라 생각하고 있었다.

단수진이 직접 나선 것도 그러한 분위기를 상기시키기 위해서였다. 마교는 변화가 필요한 시점이었다. 천마신공이 실존된 마교는 분열의 위험성을 안고 지금까지 버텨왔다.

'실력은 괜찮으니…….'

마음가짐은 고치면 될 것이니 단수진은 일단 두고 보기로 했다. 단수진은 고수 하나가 판도를 바꿀 수 있다는 것을 깨달았다.

"기대되는군."

그러나 무생의 목소리를 듣는 순간 단수진은 다시 불안감에 빠질 수밖에 없었다.

무림의 두려움으로 자리 잡고 있는 마교조차 무생에게는 흥밋거리에 불과했다.

*　　*　　*

제갈미현은 요사스러운 미소를 지었다.

껍데기만 남은 무림맹이 제구실을 할 정도까지 회복될 수 있었던 것은 그녀의 탁월한 능력 덕분이었다. 제갈미현의 평가는 상당히 좋았다. 구파일방에서도 무림맹을 유지하려고 애쓰는 그녀에 대해 상당히 후한 평가를 주며 은연중에 지원해 주었다.

제갈미현이 서 있는 곳은 사천당문에 비해 손색이 있지만 그래도 사파에서는 오랜 전통으로 인해 대우를 받고 있는 독곡이었다. 사파의 모든 독이 독곡에서 나온다는 말이 과언이 아닐 정도로 광범위한 독을 다루고 있었다. 사천당문과는 다르게 독이라면 사술이든 뭐든 상관하지 않아 백도무림에서 무림공적으로까지 지정한 적이 있는 곳이었다.

제갈미현이 움직이자 주변에 있던 자들이 말라비틀어졌다. 살아남은 혈마인들은 살기 위해 본능적으로 제갈미현을 찾아왔다. 그녀가 지닌 고독이 혈마인들을 통제해 주었고 그들에게 다시 한 번 삶의 의미를 부여해 주었다.

"크아아악!"

"왜, 왜 이러는 것이오!"

제갈미현은 독곡의 조무래기에게는 관심이 없었다. 제갈미현이 손을 휘젓자 뒤에 서 있던 자가 혈마강기를 뿜어 주변을 쓸어버렸다. 팔다리가 비정상적으로 길고 얼굴에 가면을 쓴 자였다.

"잘했어. 모용천."

"흐, 흐흐흐."

모용천은 제갈미현의 칭찬에 기분이 좋은 듯 더욱 강한 혈마강기를 뿜어댔다. 그 모습에 독곡의 사람들은 두려움에 빠져들었다. 그들이 바라본 제갈미현은 너무나 아름다웠지만 도저히 사람으로 보이지 않았다.

그녀의 주위에는 혈마기를 내뿜는 혈마인들이 사람들의 생기를 빨아먹고 있었다. 그럴 때마다 혈마기는 강해졌고 제갈미현의 미소는 더욱 진해졌다.

"좋은 곳이구나."

제갈미현은 독곡이 마음에 들었다. 산 깊은 곳에 있어 찾아내기 힘들었고 내부는 상당히 넓은 편이었다. 은밀하게 일을 진행시키기에는 더할 나위 없이 좋은 조건이었다.

제갈미현이 손을 뻗자 혈마인 중 하나가 독곡의 곡주를 끌고 나왔다. 독곡은 독공을 주력으로 썼는데 혈마인에게는 독이 전혀 통하지 않으니 그들이 대항할 수 있는 방법은 존재하지 않았다.

제갈미현은 두려움에 질린 곡주의 얼굴을 바라보았다.

"무엇을 할 작정이오?"

"뭐든지 할 생각이에요."

제갈미현은 품에서 조그마한 붉은 보석 하나를 꺼냈다. 그것을 본 순간 곡주의 안색이 새파랗게 질리고 말았다. 혈마인이 그녀 주위에 있는 점에서 예측은 했지만 실제로 보게 되니 두려움이 밀려온 것이다.

'저, 정사를 따질 때가 아니다! 어서 이 사실을 알려야……!'

혈마인은 정파, 사파, 마교를 따지기 전에 없애야 할 적이었다. 만약 염마지존이 없었다면 지금쯤 혈교가 무림을 피바다로 만들었을지도 모른다. 곡주는 제갈미현이 무척이나 치밀하게 일을 진행시킬 것이란 예감에 몸을 떨었다.

숨겨진 독곡을 찾아온 것만 봐도 충분히 예상이 가능했다. 제갈미현이 곡주의 얼굴을 잡더니 입을 벌리게 했다. 붉은 보석을 쑤셔 넣자 그것은 입안에서 녹으며 본래의 형태가 되었다.

작은 혈고독이 모습을 드러낸 것이다. 혈고독은 순식간에 입천장을 뚫고 머릿속으로 파고들었다.

"끄, 끄아아악!!"

제갈미현은 머리를 부여잡고 울부짖는 곡주를 환한 미소

를 지으며 바라보았다. 곡주는 이제 제갈미현의 말을 절대 거절하지 못할 것이다. 거절할 의사 자체를 갖지 못할 터이니 배신을 걱정할 이유는 없었다.

"혈고독을 양산하려면 조금 시간이 걸리겠군."

제갈미현이 독곡을 찾아온 이유는 바로 혈고독을 만들어내기 위해서였다. 독을 만들기 위한 여러 가지 도구가 있는 독곡은 그야말로 최고의 장소였다. 그리고 독곡에서 생활하고 있는 자들은 상당히 많은 편이라 재료도 충분히 있었다. 독곡의 사람들을 모두 희생시킨다면 그럭저럭 계획의 일부가 완성될 것 같았다.

제갈미현은 너무나 행복했다. 그동안 자신을 옭아매었던 모든 것들이 사라졌으니 이제 자신이 옭아맬 차례였다. 가증스러운 위선으로 가득 찬 백도무림부터 시작해 모두 잔인하게 고통을 주며 죽일 것이다.

그러한 광경을 보기 위해서라면 자신이 죽어도 상관없다고 생각했다.

"날 어디까지 막을 수 있을까?"

대천지주는 무생을 몰랐다. 스스로의 계획에 너무 자신감을 가지고 있었다. 대천지주의 그 여유로움이 그를 파괴시키고 모용천의 먹잇감이 된 것이었다.

"배불리 먹어둬."

그 말이 떨어지자 모용천이 낮은 울음소리를 내뱉더니 덜덜 떨고 있는 사람들을 먹어치우기 시작했다. 모용천의 기운은 날이 갈수록 강해졌고 그가 가지고 있는 거대한 무언가는 대천지주를 뛰어 넘을 근간을 마련해 주었다.

"당신을 다시 한 번 보고 싶군요. 무생."

제갈미현의 눈이 혐오를 가득 담아 모용천을 바라보다 무생을 생각하자 곱게 휘어졌다. 제갈미현이 등을 돌린 순간 그 자리에 살아 있는 자는 오직 곡주밖에 존재하지 않았다.

*　　*　　*

무생 일행은 흑수의 안내를 받아 순조롭게 마교 안으로 들어설 수 있었다. 마교의 본관이 아닌 별관이었음에도 그 광경이 굉장히 웅장했다. 교주나 주요 장로들을 만날 수 있는 것은 마교인들 중에서도 소수라 이제 갓 마교인이 된 무생은 그들을 만나볼 기회가 없었다. 물론 있다고 해도 보러 가지는 않을 것이지만 말이다.

"너는 본래부터 마교인이었군."

무생이 말하자 단수진이 살짝 놀란 표정으로 무생을 바라보았다.

"어떻게 알았지?"

"처음 온 것 치고는 익숙해 보였다. 게다가 저 흑수라는 자가 상당히 널 아끼더군."

단수진 옆에 조금이라도 가까이 가면 흑수가 노골적으로 바라보니 눈치를 못 챌 수가 없을 지경이었다.

"그래서 속인 것을 탓할 생각인가?"

"탓해야 하는가?"

무생이 반문하자 단수진의 눈썹이 찌푸려졌다. 하나부터 열까지 모두 마음에 거슬리는 자였다. 단수진은 묘하게 신경 쓰이는 것은 그가 마음에 들지 않기 때문이라고 생각했다.

"네가 누구이건 신경 쓰지 않아. 귀찮게만 하지 않으면 말이지."

"상당히 건방지군."

단수진이 노골적으로 살기를 뿜어냈다. 그러나 무생은 그녀를 지나쳐 걸을 뿐이었다.

"날 무시하는 것이냐!"

"그렇다."

"으, 읏!"

무생이 당당하게 대답하자 할 말이 없어진 단수진이었다. 진대정은 그런 단수진을 바라보다가 슬쩍 다가와 입을 떼었다.

"본래 마교인이라 했소? 입마대전에 참여할 정도면 꽤나 높은 직책 같은데……, 신분을 속이고 있던 것을 보면 더더욱 그렇고."

"그렇다면 어쩔 거지?"

단수진의 날카로운 말에 진대정은 씨익 하고 웃었다.

"옥녀단과 같이 일하려면 무엇을 해야 하오?"

한결 같은 진대정의 태도에 단수진은 다시 한 번 할 말을 잃었다. 이자가 마교로 들어온 이유가 단순히 옥녀단을 보기 위해서일지도 모른다는 생각에 불안해졌다. 삼마괴인의 두목인 마준은 알 수 없는 자였고 이름은 모르지만 둘째인 이 덩치 큰 사내는 변태였다. 그럭저럭 괜찮은 분위기의 막내인 자가 제일 정상으로 보였다.

"아름다운 관이로군. 어찌 이리도 잘 빠질 수 있단 말인가."

위압감을 주기 위해 장식용으로 세워놓은 관을 본 도진이 진정으로 감탄했다. 단수진은 정상으로 생각했던 그 역시 음침한 변태임을 깨닫고 말았다.

마교의 별관은 십만대산의 절벽과 절벽 사이에 있었는데 햇빛이 잘 들지는 않지만 무척이나 환상적인 분위기를 자아내고 있었다.

흑수가 안내한 곳은 그럭저럭 깔끔한 객실이었다. 마인 대기소라 써져 있었는데 임무를 발령받기 전에 십부장급 이상의 마교인이 대기하는 장소였다.

"그럼 나는 물러가겠소. 각자 통지해 줄 것이니 기다리시오."

흑수는 그렇게 말하며 빠르게 사라졌다. 무생은 단수진을 바라보며 입을 떼었다.

"안 가나?"

"아직 평가할 항목이 남아 있다."

"직책이란 것을 부여해 주기 위해서인가?"

"비슷하다."

무생과 단수진의 딱딱한 대화가 이어졌다. 무생은 곰곰이 생각하다가 단수진을 바라보며 다시 입을 열었다.

"천마동에 가고 싶다."

"갓 입교한 주제에 건방지군."

"그곳에 가려면 어떻게 해야 하지?"

무생은 일단 마교의 무공을 살펴보고 싶었다. 광노를 신선에 들게 한 근원이 바로 마교의 무공이니 살펴보는 것도 상당한 도움이 될 것이라 여겼다.

"난 옥녀단에 가고 싶소!"

"음, 전 마화라는 낭자가 보고 싶군요."

무생과 단수진의 대화를 들은 진대정과 도진이 그렇게 말했다. 단수진은 머리가 지끈거리는 것을 참아내고는 침착하게 말을 이었다.

“천마동은 아무나 가는 곳이 아니다. 뛰어난 업적을 이룬 마교인만이 잠시간 머무는 것을 허락하는 곳이다.”

“그렇다면 뛰어난 업적을 남기면 되겠군. 무엇을 하면 되나?”

무생이 아무렇지도 않게 묻자 단수진은 작게 한숨을 내쉬며 입을 떼었다.

“기회가 그리 많은 것은 아니다. 마도대회에서 우승하거나 그와 비슷한 업적을 남겨야 하니 너로서는 무리다.”

단수진은 무생이 고수인 것은 인정하나 마교에서 서열 백 위에 들지 못하는 실력이라 생각했다. 자신 역시 본신의 무공을 발휘한다면 충분히 무생을 상대할 수 있으리라 자신했다. 그녀가 보기에 그런 마준이 천마동에 든다는 것은 향후 이십 년간은 있을 수 없는 일이라 생각했다.

무생은 마교의 의사는 상관없이 천마동에 들어갈 생각이었다. 소란을 피우지 않으면 더 좋겠지만 끝까지 막아서면 강제로라도 들어갈 것이다.

‘불안해서 안 되겠어.’

마교의 원로들에게 성과를 보여줘야 했다. 마교에 부는

새로운 바람에 대해 원로들은 상당히 기대를 하는 눈치였다. 마교에 더 영향력을 행사하려면 원로들의 마음을 사로잡아야 했다. 교주가 나선다면 좋겠지만 안타깝게도 교주의 관심사는 오로지 무공뿐이었다. 그녀의 동생인 소교주 단마현은 마교의 외적인 부분을 맡고 있으니 도움을 기대하긴 어려웠다.

"며칠 동안 너희를 지켜보면서 어울리는 직책을 찾아보도록 하지."

"한가한가 보군."

무생의 말에 단수진은 날카로운 눈으로 노려보았다.

"끝까지 건방진 자로군. 최악이야."

단수진은 무생을 보고 있으면 왠지 열이 받았다. 무생이 신경을 긁는 것도 있었지만 알 수 없는 답답한 마음에 더욱 그러했다.

"그럼 쉬도록."

단수진이 그렇게 말하며 신법을 전개해 사라졌다. 형태만 남은 천마군림보에 다른 내공심법을 섞어 쓴 것인데 몸놀림이 제법이었다.

"꽤나 수준 높은 고수로군."

"보통 여자가 아닙니다."

진대정과 도진의 평가였다. 하지만 무생의 눈에는 놀랍

거나 하지는 않았다. 다만 찬마군림보를 저런 식으로 망쳐 놓은 것이 눈에 거슬릴 뿐이었다.

'광노가 보면 고개를 젓겠군.'

그 누구의 것도 아닌 광노의 천마군림보였다. 광노의 것이 저런 식으로 훼손되었다는 사실이 무생은 마음에 들지 않았다. 광노의 천마신공은 무생이 보기에도 대단한 무학이었다.

'천마신공이 없었다면 그놈에게 당했겠지.'

그토록 원하는 안식을 얻을 수는 있었겠지만 분노가 그를 집어삼켰을 것이다. 그것은 진정한 의미의 안식이 아니었다. 그가 원하는 죽음은 아무것도 남기지 않은 소멸이었다.

"그럼 마교 놈들이 얼마나 잘사는지 볼까?"

"마교라 해서 음침할 줄 알았는데 생각보다 깔끔하군요. 고급 주루 느낌입니다."

진대정과 도진의 말처럼 마인 대기소는 지내기에 전혀 불편함이 없어 보였다. 무생은 잠시 정경을 눈에 담았다.

이곳을 바라보며 광노가 무슨 생각을 했는지 알고 싶었다. 무엇 때문에 자신을 만나게 되어 그런 선택을 했는지 궁금했다.

'차차 알게 되겠지.'

무생은 그렇게 생각하며 객실 안으로 들어갔다.

*　　*　　*

무생은 제법 편안하게 지낼 수 있었다. 대기소에는 오가는 마교인이 꽤나 많았는데 마교인이라고 해서 딱히 특이한 점은 찾을 수가 없었다.

무생이 가만히 차를 마시고 있자 단수진은 여전히 그를 관찰하고 있었다.

'알 수 없는 자야.'

아직까지 단수진은 무생에 대한 평가를 내리지 못했다. 진대정과 도진에 대해서는 대충 윤곽이 잡혔지만 무생만큼은 도저히 답이 내려지지 않았다.

"왜 그러나?"

"아무것도 아니다."

"언제쯤 움직일 수 있지? 슬슬 지루하군."

"아직……."

이곳에 있는 것도 나름 마음에 든 무생이었지만 슬슬 지루해지기 시작했다. 무생이 막 찻잔을 넘길 때 들려오는 소리가 있었다.

"이번에도 마룡대의 승리겠지?"

"뭐, 그렇지. 소교주께서 키우신 마룡대는 유망주 중에서도 최고니까."

"그에 비해 적룡대는 형편없더군. 어째서 그런 놈들을 거두신 건지. 쯧쯧."

적룡대를 비하하는 발언에 단수진의 얼굴이 싸늘하게 굳었다. 면사를 쓰고 있어 드러나지는 않았지만 무생에게는 너무나 잘 보였다.

"무슨 말이지?"

"마교의 어린 유망주들이 겨루는 대회이다. 각 부문에서 키운 유망주들을 평가하는 자리지."

"적룡대가 형편없나 보군."

"……형편없지는 않다. 다만 싸움과 어울리지 않을 뿐이야."

단수진이 조금은 기운이 빠진 듯 말했다. 무생은 단수진의 그런 모습에 흥미가 생겼다. 처음 보는 힘없는 모습이었기 때문이다.

"매년 있는 자존심 싸움이지."

"적룡대가 제일 먼저 탈락하나 보군."

무생의 말에 단수진은 대답하지 않았다. 무생은 잠시 곰곰이 생각하다가 입을 떼었다.

"그런 적룡대가 우승을 한다면 그것만큼 큰 업적은 없

겠지."

"흥, 그렇게 된다면 전원 천마동에 들지도 모르겠군."

무생이 천천히 고개를 돌려 단수진을 바라보았다. 단수진은 무생의 시선에 담긴 뜻을 알아채고는 실소를 머금었다.

"하, 네가 할 수 있을 것 같은가?"

"충분히."

"어림없는 소리!"

단수진이 자리에서 벌떡 일어나며 그렇게 외쳤다. 무생은 그런 단수진의 태도에 더욱더 커다란 흥미가 생겼다.

단수진은 흥분을 진정시키고 무생을 바라보며 입을 떼었다.

"그럼 내기를 하도록 하지."

"내기?"

"네가 그들을 우승으로 이끌면 네가 원하는 모든 것을 다 해주겠다. 하나 그렇지 못할 경우엔……."

단수진의 입가에 섬뜩한 미소가 그려졌다. 무생은 그 미소가 마음에 들었다. 도전적인 모습은 무생의 흥미를 끌 수 있는 부분이었다.

"평생 내 밑에서 일하다 죽을 것이다."

단수진은 무생을 내려다보며 그렇게 말했다. 단수진은

무생이 겁을 집어먹고 포기할 것이라 생각했다. 이 정도로 말한다면 가능성이 없다는 것쯤은 아무리 우둔한 자라도 알아차릴 것이다.

하지만 안타깝게도 무생은 이미 마음을 정했다.

"나쁘지 않군. 좋다."

"뭐?"

"좋다고 했다."

단수진의 눈이 크게 떠졌다. 적룡대는 단수진이 키우는 유망주들이었다. 마교는 강자가 아니면 살아남을 수 없고 어려서부터 철저한 교육을 받기 때문에 도태되면 죽음뿐이었다.

유일하게 그런 교육이 면제가 되는 것이 있었는데 바로 원로나 소교주급에 해당하는 자가 마룡대나 적룡대 같은 유망주로 이루어진 집단에 넣는 것이었다.

단수진은 쓸 만한 아이들을 데려간 단마현과는 달리 낙오되어 죽어가는 아이들을 자신의 적룡대로 끌어 모았다. 그들에게 기다리는 것은 죽음뿐이었으나 단수진이 편법으로 살린 것이다.

그들은 태생적으로 약했고 재능이 없었다. 때문에 마룡대는커녕 초장부터 탈락하지 않는다면 그것이 기적에 가까웠다.

"후화하지 않을 자신 있나?"

단수진이 물었다.

"너야말로. 무엇이든 들어준다고 했으니 지금이라도 물리거라."

"어리석군."

단수진은 무생을 노려보며 가소롭다는 미소를 지었다. 그리고는 고개를 끄덕였다.

"좋다. 내가 널 적룡대의 대주로 추천해 주지. 땅을 치고 후회하는 것이 좋을 것이다."

"기대하지."

무생이 태연하게 말하자 단수진의 얼굴이 또다시 일그러졌다. 하지만 무생의 최후가 어떤지 뻔했기 때문에 상쾌하다는 미소를 지을 수 있었다.

이 건방진 자를 평생 발밑에 두고 부려먹을 수가 있게 된 것이다. 지금 당장이라도 그럴 수 있었지만 단수진은 후에 맞이하게 될 쾌감을 위해 참기로 했다.

단수진은 넝마로 가려진 저 얼굴이 절망으로 물드는 것을 직접 보고 싶었다. 그렇게 한다면 그녀의 마음을 옭아매는 답답한 마음도 시원하게 뚫릴 것 같았다.

"그들을 보게 되면 절망하게 될 것이다."

단수진은 그렇게 단언했다. 그 말에는 절대적인 확신이

있었다. 하지만 그녀는 몰랐다. 무생이 그 확신을 의문으로, 그 의문을 절망으로 바꿀 능력이 있다는 사실을 말이다.

第十四章

패배자들

단수진에 의해 아주 빠르게 무생의 직책이 결정되었다.

직책은 바로 적룡대주였다.

적룡대를 이끄는 대주로서 적룡대의 무공 수련과 기타 생활을 모두 전담하게 된 것이다.

적룡대는 단수진 직할대 소속으로 마룡대, 청룡대, 화룡대, 묵룡대와 더불어 오룡대 중 한 자리를 차지하고 있었다. 직책만 보더라도 상당한 중책이겠지만 내부 사정을 아는 자들은 무생을 그저 비웃을 뿐이었다.

오룡대라고는 하지만 적룡대는 낙오자들의 집합소나 마

찬가지였기 때문이다. 무도 대회도 사룡대를 주축으로 행해지고 있었다.

무생이 먼저 직책이 생기자 진대정, 도진과 헤어지게 되었다. 그들이 어디로 가게 될지는 모르지만 무생은 딱히 걱정하지 않았다. 약한 도진이 마음에 걸리기는 했으나 어떻게든 다 잘 살아남을 거라 생각한 것이다. 어디 가서 굶지는 않은 자들이니 신경 끄기로 했다.

무생은 단수진이 말한 곳으로 향했다. 그곳은 마화가 머무는 마화궁이었는데 적룡대는 그곳에 자리 잡고 있었다. 마화궁은 상당히 컸는데 마교의 전반적은 운영이 결정되는 곳이니 그럴 만도 했다. 오히려 교주가 머무는 천마궁이나 소교주가 머무는 소마궁보다 그 크기가 컸으며 화려했다.

칼로 깎아내린 듯한 절벽 위에 위치한 마화궁은 무생이 보기에도 제법 아름다웠다. 무생이 마화궁 앞에 도착하자 미리 언질이 있었는지 흑수가 나와 있었다.

흑수 역시 단수진과 무생의 내기를 들었기에 무생을 동정 어린 눈으로 바라보았다.

"적룡대주시군요."

"그렇다만."

"이쪽으로 오시지요. 안내해 드리겠습니다."

적룡대주는 흑수보다 상위 계급이었기에 흑수는 무생에게 예의를 갖추었다. 본래 강자가 아니면 대우를 해주지 않았지만 흑수는 단수진과 내기를 한 시점에서 무생을 강자라고 인정했다.

무생은 그가 그러거나 말거나 아무런 관심이 없었다. 안내하는 흑수를 따라갔다. 가는 도중에 마화궁을 살펴볼 수 있었는데 생각보다 오래된 양식이었고 튼튼하게 지어져 있었다. 수준 높은 장인의 솜씨로 보였다.

'나쁘지 않군.'

무생이 만든다면 이것보다 훨씬 대단한 궁전을 만들 수 있을 테지만 말이다. 도착한 곳은 마화궁에서도 가장 외각에 있는 작은 공간이었다. 절벽을 뚫어놓고 그 옆에 건물이 붙어 있었는데 보수가 제대로 되어 있지 않아 허름하게만 느껴졌다.

"이곳입니다."

동굴 앞에는 간단한 문패가 적혀 있었다. 적룡대라고 힘없이 써진 문패 위로 동굴이 있었고 그 옆에 적룡대의 건물이 있었다. 동굴은 수련장이었고 건물은 적룡대원들이 사용하는 숙소였다.

무생이 문패 앞에 서자 간신히 모양을 유지하고 있던 문패가 바닥에 떨어졌다. 흑수는 안타까운 눈으로 적룡대의 초라한 공간을 바라보았다.

“보시다시피 이런 곳입니다. 이 공간도 아가씨께서 반대를 무릅쓰고 마련해 주신 겁니다.”

흑수는 무생이 실망했다고 생각했다. 넝마로 가려진 얼굴은 보이지 않았지만 주어진 상황을 보면 실망할 수밖에 없었기 때문이다.

“괜찮군.”

“네?”

“낡은 것은 고치면 되고 부서진 것은 치우면 될 터이다.”

무생은 그렇게 말하며 바닥에 떨어진 문패를 주웠다. 그리고는 동굴 앞으로 다가가,

콰앙!

그대로 동굴 벽에 문패를 박아 넣었다. 그런 무지막지한 모습에 흑수의 눈이 크게 떠졌다. 이토록 무식한 공력이라니 들어본 적도 없었다.

‘믿는 구석이 있나 보군.’

흑수는 무생을 그렇게 평가하며 침착함을 유지했다.

“그럼 전 이만 물러가겠습니다.”

무생이 고개를 끄덕이자 흑수가 사라졌다. 무생은 문패를 잠시 바라보다가 동굴 안으로 들어섰다. 동굴은 생각보

다 넓었다. 수련장으로 쓰는 곳이니 응당 그래야 했지만 밖에서 보는 것보다 그럭저럭 괜찮은 축이었다.

"하압!"

"이얍!"

기합 소리가 들려왔다. 무생이 천천히 등장하자 수련 중이던 적룡대원들이 흠칫 놀라며 바라보았다. 무생의 험악한 모습에 잔뜩 겁을 먹은 적룡대원들이었다.

적룡대원들이라고 해봤자 모두 어린 소년, 소녀들이었다. 미래를 책임질 유망주니 당연한 것이겠지만 이들은 도저히 그렇게 보이지 않았다.

얼굴은 꼬질꼬질했고 옷은 낡았으며 내공은 겨우 한 줌 정도 느껴질 정도였다. 무공을 익힌 것 같았지만 재능이 없어 삼류에도 못 미치는 시장잡배 수준이었다.

숫자는 서른에 달했지만 많게 느껴지지 않을 만큼 존재감이 적었다.

"저, 저기……, 호, 혹시 새로 부임하신 저, 적룡대주님이십니까?"

소년 하나가 무생을 바라보며 조심스럽게 물었다. 무생은 조용히 고개를 끄덕였다. 무생의 차림은 딱 봐도 잔혹한 마교의 고수 같은 느낌이니 겁을집어 먹을 수밖에 없었다.

그동안 자신들을 가르친 자는 마화뿐이었고 그것도 주변의 눈치를 봐 제대로 이루어지지 않았다. 때문에 아이들이 스승을 맞이하는 것은 이번이 처음이었다.

"오늘부터 너희를 맡게 되었다."

무생의 가라앉은 목소리가 아이들의 마음을 무겁게 만들었다. 눈앞에 있는 험악한 적룡대주가 자신들을 매도한다고 해도 받아들일 수밖에 없다고 여겼다.

재능도 없고 죽어가는 자신들을 받아준 단수진을 위해서라도 그렇게 해야만 했다.

"음, 좋군."

무생에게서 의외의 말이 들려오자 아이들은 눈을 동그랗게 떴다.

"눈, 코, 입이 다 달렸고 사지도 멀쩡하다. 이 정도라면 더할 나위 없이 좋은 조건이지."

무생은 진정으로 그렇게 생각했다. 무생은 재능이란 것을 모른다.

안다고 해도 그것이 큰 비중을 차지할 것이란 생각은 안 할 것이다. 중요한 것은 또렷한 눈빛이었다. 무언가 하겠다는 생각과 의지였다.

패배감에 절어 있는 눈빛이기는 하지만 적어도 죽은 자의 것을 닮지는 않았다.

"밥은 먹었나?"

"네?"

"무슨……."

무생은 무척이나 중요한 것을 말하듯 다시 천천히 입을 떼었다.

"밥 먹었냐고 묻고 있다."

무생의 말에 아이들은 선뜻 대답하지 못했다. 그들은 스스로 산에서 야생동물을 잡아 끼니를 해결해야 했고 그렇지 못한 날에는 냄새나는 벽곡단을 먹어야만 했다. 간신히 살아갈 정도로 먹고 있는 것이다.

"아, 아직……."

아이들 중 하나가 무생의 눈치를 보다가 그렇게 말했다.

"그렇군. 기다려라."

무생은 아이들에게 그렇게 말하고는 밖으로 나갔다. 무생이 나가자 긴장이 풀렸는지 주저앉는 아이들이 많았다. 무생의 험악한 차림은 아이들이 감당하기에는 너무나 두려운 것이었다.

잠시 후, 무생은 양 어깨에 거대한 멧돼지를 메고 왔다. 어마어마하게 큰 멧돼지였는데 상처 하나 없이 아주 깔끔하게 죽어 있었다.

무생이 나간 뒤 얼마 지나지 않아 멧돼지를 들고 오자 아이들은 놀라면서도 멧돼지의 크기에 감탄했다.

무생은 아이들을 동굴 밖으로 나오게 했다. 아이들이 멀뚱멀뚱 서서 무생을 바라보았다. 연령대가 다양했는데 열세 살 정도 되는 소년이 최고 나이가 많았고 아홉 살이 막내였다.

"메, 멧돼지 크다."

"엄청나!"

멧돼지를 보자 조금은 신이 난 모양이었다. 황급히 자신의 입을 막았지만 무생은 뭐라 하지 않았다. 오히려 작게 웃고 있을 뿐이었다.

"잘 보거라. 고기는 이렇게 손질하는 것이다."

무생이 능숙하게 멧돼지를 해체하기 시작했다.

보통 아이들이라면 비위가 상할 법하지만 모두 입가에 침이 고여 있었다. 고기를 먹어본 지가 아주 오래되었기 때문이다.

능숙한 손놀림으로 순식간에 한 마리를 해체한 무생은 손에 든 단검을 가장 키가 큰 소년에게 쥐어주었다.

"해보거라."

"네?"

소년은 망설였다. 하지만 모두가 자신을 바라보고 있자

눈을 꾹 감고는 가죽에 단검을 박아 넣었다.

"아……."

떨리는 손으로 어설프게 단검을 움직이자 가죽이 쉽게 잘려 나갔다. 단검의 성능이 너무나 좋은 탓이었다.

"손질해 본 경험이 있느냐?"

"아, 아뇨. 저, 저희는 그냥 다람쥐나 새 같은 것을 구워 먹곤 했어요."

"그렇군."

무생은 소년의 어깨를 두드렸다. 이렇게 큰 동물에게 칼을 꽂는 것은 이번이 처음인 듯싶었다.

약간 혼란스러워하는 모습을 바라보다가 무생이 조용히 입을 떼었다.

"처음에는 뭐든지 두려운 법이다. 이런 죽은 동물의 가죽 손질 역시 그러할진대 다른 것들은 말할 것도 없지."

무생은 소년의 손을 잡고 살을 발라내는 법을 가르쳐 주었다.

"무조건 움직인다고 해서 얻어지는 것이 아니다. 모든 것에는 길이 있다. 재능이 있다고 해서 그것을 아는 것이 아니고 없다고 해서 모른다는 법은 없다."

무생이 소년의 손을 놓는 순간 눈앞에는 잘 발라진 살코기가 있었다.

"방법을 아는 것이 가장 중요하다. 다른 것은 신경 쓰지 마라. 깨달음을 얻을 수 없다면 방법을 알아 행하면 된다."

아직 아이들은 무생이 무슨 말을 하는지 이해하지 못했다. 하지만 무생이 그들에게 어떤 도움이 되는 말을 해주고 있음을 알아차렸다. 아이들이 진지한 표정이 되자 무생은 소리 내어 웃었다.

"멧돼지도 별것 없지 않느냐. 다음에는 직접 잡아보도록 하자꾸나."

"네? 저, 저희가 멧돼지를요?"

"이렇게 큰 걸……."

무생은 피식 웃으면서 다음 아이에게 단도를 쥐어주었다.

"큰 것이 두렵다면 작은 것부터 잡으면 된다. 서두를 것 없다."

"네! 스, 스승님!"

"알겠어요!"

무생은 아이들이 자신을 스승이라 칭하자 묘한 기분이 되었다. 무생은 무수한 세월 동안 가르침을 받은 적이 없었다.

그저 누군가는 무생을 설득했고 누군가는 흥미 있는 것

을 내보였다. 모든 것을 스스로 익혔다.

무공을 가르친 경험은 많았다. 춘삼에게도 그러했고 말이다. 하지만 그때 자신이 스승이 되었다고는 생각하지 않았다.

무생이 생각하는 스승이란 것은 무공뿐만 아니라 나아갈 모든 방향을 알려주는 존재였다.

'마교가 원하는 것은 강함인가.'

늘 이기고 강하기만 해서는 쉽게 부러진다. 패배할 줄 아는 자만이 강함의 위대함을 알아 경계하고 쟁취하는 것이다.

광노는 무생보다 무력적인 면에서는 약했을지 모르지만 다른 면에서는 모두 진정으로 강했다.

검노, 그리고 뇌노 역시 마찬가지였다.

그들이 무생보다 강할 수 있었던 이유는 무생은 늘 강한 자였기 때문이다.

스스로의 약함을 모르니 무력이 아무리 강해도 패배를 인정할 수밖에 없었다. 그들이 무생의 마음에 남아 있는 것은 그들이 진정으로 승리했기 때문이다.

무생은 모닥불을 만들고 그 위에 멧돼지를 구웠다. 아이들이 기대에 찬 눈으로 멧돼지를 하염없이 바라보았다.

'배고픔을 기억한다면 강해지겠지.'

무생은 그렇게 생각하며 조용히 아이들을 바라보았다. 단수진이 생각하는 최악의 조건은 무생에게는 최상의 조건이었다.

『무생록』 7권에 계속…

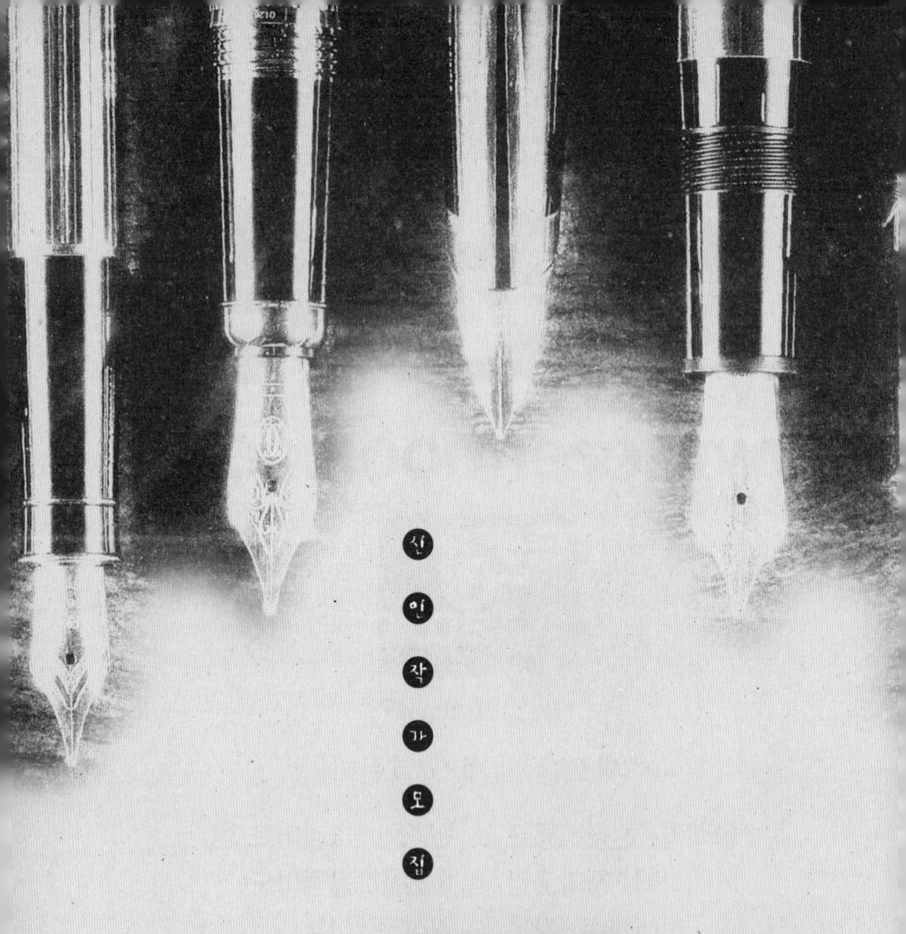

신
인
작
가
모
집